PICCOLE ANIME

MATILDE SERAO

Texte et illustration de couverture : © domaine public
Edition : Culturea (Hérault, 34)
Contact : infos@culturea.fr
Retrouvez notre catalogue sur http://culturea.fr
Imprimé en Allemagne par Books on Demand
Design typographique : Derek Murphy
Layout : Reedsy (https://reedsy.com/)

Dépôt légal : janvier 2023

ISBN : 9791041844388

A UN POETA

Una volta, io scrissi di un bambino biondo e reale. Mi faceva pensare la stranezza della vita precoce, in cui le care ingenue puerilità erano sacrificate ai doveri inflessibili di un'alta educazione, in cui i soavi sensi infantili erano in urto con la rigidezza del cerimoniale: piccola anima gaia e noncurante che doveva informarsi, troppo presto, a grandi e severi sentimenti.

Tale l'intenzione d'arte, vivificata da un sentimento tutto femminile di simpatia. Da coloro cui l'astrazione dell'ideale politico intorbida la serenità del giudizio, fu intesa male o non fu voluta intendere: fu detta adulazione, cortigianeria, servilismo, e furono usate altre parole consimili, a cui la volgarità del corso ha tolto ogni valore. Invano io volli chiarire la mia intenzione, invano io volli stabilire una divisione fra la politica e l'arte, fra le teorie umanitarie e l'arte. Come in tutte le polemiche d'idee, senza fatti, ognuno rimase del proprio parere.

Allora scrissi: sempre un bimbo mi sorprende e mi fa pensare. Questa impressione è viva ancora oggi, agita anche adesso la mia coscienza. I bimbi sono naturalmente buoni e misteriosamente cattivi: singolari, interessanti, attraenti piccoli tipi, in cui l'umanità assume le sue forme più leggiadre e più bizzarre. Pei loro sorrisi che sono tutta una luce e per i morsi che dànno a una sorellina più grande; per la strana scienza che appare nelle loro profonde risposte e per l'istinto di distruzione che li domina; per la carezza dei loro occhi sereni e per la convulsione paurosa delle loro collere infantili; per l'elemosina che fanno e per l'uccellino che spennacchiano; per il bacio che ci dànno, spontaneo, affettuoso, e per lo sgarbo con cui ci ringraziano del dono di un giocattolo; per le loro simpatie istintive e per i loro odii irragionevoli: per tutta questa contraddizione i bimbi valgono — per l'arte — quanto l'uomo nel pieno rigoglio della sua virilità, quanto la donna nel pieno fiore della sua bellezza.

E poi questo bimbo moderno, nato da gente inquieta e convulsa, cresciuto spesso in un ambiente di nervosità irritante o di languida malinconia, che vede troppe cose, che assiste troppo alle piccole catastrofi familiari, che impara troppe cose, questo bimbo ha ora acquistato una sensibilità precoce, una intuizione troppo rapida. Talvolta — e sempre senz'averne coscienza — un bimbo è così sottilmente scettico che ci sgomenta, noi che avemmo un'infanzia molto più grossolana, molto più animalesca, ma molto più allegra. Il bimbo moderno legge troppi libri illustrati ed ha per mano troppi giornali. Quando suo padre parla tranquillamente di suicidio, quando suo zio si burla della religione, egli tende l'orecchio. Così il bimbo è più facilmente infelice. Infelice pel sangue povero che le razze deboli mettono nelle vene delle loro creature; per la tisi, per il rachitismo, per la follia che si ereditano; infelice per l'abbandono e la povertà, uniti insieme; infelice per l'abbandono e la ricchezza, uniti insieme; infelice per l'ambiente di disonestà plebea in cui deve vivere; infelice per l'ambiente di disonestà aristocratica in cui deve crescere; infelice pel padre artista ed egoista; per la madre gran dama e disamorata: per molte colpe nostre, infelice. Il bimbo impara a soffrire, ad amare, a fingere come noi. Ed è talmente unito alla nostra vita, parte di noi più sorridente e più sensitiva, che spesso egli ci salva — e spesso egli ci perde.

Questo piccolo libro, scritto pei grandi, parla sempre di bimbi, nelle sue storielle. Sono bimbi veri: non li ho sognati, mi apparvero nella loro realtà. Vissero meco un anno, un minuto, un giorno, un'ora, faccine smunte o guance colorite, corpicciuoli scarni o pienotti, vestitini di raso o straccetti per cui si vedeva la pelle — ed erano creature volta a volta ingenue e pensierose, fantastiche e brutali, dolci e acri.

Voi, o poeta, che foste il più mite fra i miei avversari, avete un figlioletto gentile e pallido, dai grandi occhioni bruni, pieni di visioni malinconiche, un bambino che avete chiamato Tristano, per cui avete scritto versi tristi e audaci, a cui forse avrete letto questi versi, turbandone la piccola anima, dandole la nostalgia della nobile e pericolosa regione della poesia. Ebbene, a questo bambino che non mi conosce, io voglio dedicare questo piccolo libro.

UNA FIORAIA

Date lilia.......

La bimba camminava lentamente, rasentando il muro, per la via stretta e tortuosa dei Mercanti. Ella non guardava nelle botteghe, non alzava gli occhi a quella lunga striscia di cielo che appariva fra le alte case, non guardava neppure dinnanzi a sè. Guardava le pietre, come se le contasse. Camminava, senza curarsi del fango del selciato, degli urtoni che le davano, di qualche rara carrozza che passava. Quando arrivò alla chiesetta del Cerriglio, dirimpetto alla statua dell'Eccehomo vestito di rosso, coronato di spine, con gli occhi pieni di lagrime immobili, la fronte e il petto macchiati di sangue coagulato, la bimba gli dette uno sguardo indifferente e tornò indietro, con la stessa andatura rigida.

Era una mendica. Aveva fame, aveva freddo, aveva sete. Aveva le gambe nude, i piedini scalzi che si deformavano nella mota. In quel gelido giorno di febbraio, ella non portava che una camicia e un sottanino lacero e sfrangiato, mantenuto su, alla cinta, da uno spago. Aggrovigliato al collo, un brandello di ciarpa all'uncinetto. Niente altro. La bimba era molto magra, quasi stecchita: dagli strappi della camicia e del sottanino si vedeva una carnagione esangue, cinerea; sotto la ciarpa si vedevano le due ossa clavicolari sporgenti, come se volessero bucare la pelle; s'indovinava la meschinità malaticcia di quei busto legnoso di bambina. Le spalle erano aguzze, curve, come quelle di chi si raggricchia sempre per freddo o per chetare lo spasimo dello stomaco. Un volto serio e grave, con la medesima tinta plumbea del corpo; rugata la fronte breve; corrugate le sottili sopracciglia, troppo grandi gli occhi dalla palpebra bigia, sottolineati di bistro, incavernati, profondi; duro, rigido il profilo, già formato come quello di una donna; la bocca stretta, chiusa, le labbra pallide, senza fremiti, con due rughe agli angoli. Ella aveva sette anni.

Un giorno aveva avuto una madre scarna, mendica anche lei. Vagavano ambedue per le vie di Porto, cercando l'elemosina. Mangiavano spesso del pane e dormivano in un sottoscala, sulla paglia, la figlia col capo in grembo alla madre. Poi la madre era morta, di tifo: la bambina era rimasta sola, sul lastrico. Non pianse, non gridò, uscì per cercare l'elemosina, non ebbe nulla: quel giorno non mangiò e dormì all'aria aperta, sullo scalino della chiesa di Portanova, arrotondata come un cane.

Per tre anni la vita della bambina non aveva avuto varianti. Ella non sapeva nulla, non ricordava nulla, altro che un lunghissimo giorno in cui aveva avuto sempre fame. Dalla mattina cominciava le sue peregrinazioni. La strada dei Mercanti, lungo budello contorto, era la sua casa, ed ella ne conosceva tutte le viuzze, i vicoli ciechi, gli angiporti paurosi, le botteghe nere, i ruscelli fetidi, i portoncini angusti e bruni, illuminati di una luce fioca e grigia, le scalette smussate. Andava e veniva, senza posa, dalla piazzetta di Portanova, donde era il suo punto di partenza, sino alla cappella del Cerriglio, dove era il suo punto di arrivo. Si fermava a piazzetta di Porto, faceva un mezzo giro e riesciva all'antico Sedile, dava uno sguardo al simulacro del dio Orione attaccato alla muraglia che il popolo chiama Pesce Niccolò, poi saliva per Mezzocannone, bagnandosi i piedi nelle acque azzurre, rosse, violette dei tintori che lavoravano in certi antri lugubri, intorno a caldaie nere, agitandovi un miscuglio misterioso. Arrivata su, non osava andare più oltre e ridiscendeva ai Mercanti; non dava neppure un'occhiata alla taverna aperta sotto un porticato dove si friggevano pesci e pastelle, dove si espandevano le vivezze rosse del soffritto e gli acuti odori delle pastinache in aceto. Voltava a destra per la scaletta lurida di santa Barbara, s'inerpicava fino al famoso biscottaio, ma i biscotti le facevano troppo gola e scappava via: al ridiscendere, si fermava innanzi alla porta dello stabilimento di bagni, guardando una vasca di macigno artificiale, dove non ci era acqua, ma dove si ergeva una musa dalle larghe foglie verdi: continuava la sua via sino al Cerriglio e tornava indietro, sempre col suo passo guardingo, sfiorando i muri, scivolando tra le gambe dei viandanti.

Quelle viuzze nere, quella strettezza, quella miseria, quelle case stillanti umidità, quei cattivi odori, quei portoni sospetti, quelle tinte cupe, quell'assenza di sole, quelle facce usuraie dei commercianti, quelle facce losche dei loro mediatori, quelle facce ebeti di male femmine, quella merce gretta, impolverata, avariata, erano tutto il suo mondo. Sentiva vagamente che di sopra santa Barbara, di sopra Mezzocannone, di sopra il Cerriglio, alla fine di via Principessa Margherita, vi era un altro mondo, ma ella temeva di arrischiarvisi, ne aveva una paura selvaggia. Anche giù nei Mercanti, ella aveva paura delle altre mendicanti che la picchiavano, dei cani che volevano morderla, delle guardie che potevano arrestarla: ma ella era furba a schermirsi da questi pericoli. Lassù, il pericolo era ignoto. Quando arrivava a quei limiti, dava uno sguardo sospettoso in su, poi fuggiva, nascondendosi il capo ricciuto nel braccio, come se la perseguitassero.

Chiedeva l'elemosina, ma non gliela davano spesso. Tutta quella gente affaccendata a guadagnare una dura giornata, bottegai accaniti a imbrogliare i compratori contadini, facchini curvi sotto le balle, serve luride e straccione, non badavano a lei. Qualche galantuomo la prendeva per una piccola ladra e si tastava le tasche, dicendole una parolaccia; qualcuno, anche vestito decentemente, era povero, la guardava e si stringeva nelle spalle. A qualcuno faceva disgusto, e la scacciava con un gesto di noia. Ella chiedeva prima a voce alta, quasi imperiosa, un soldo per mangiare, non avendo mangiato il giorno prima, nella tortura dello stomaco che si ribellava: poi la voce si abbassava, diventava supplichevole, ansante, lamentosa, poche e gelide lagrime le scendevano per le guance. Essa continuava ad andare e venire, come per istinto, balbettando parole indistinte, sino a che la voce le si seccava nella gola riarsa: allora chiedeva l'elemosina con la intensità dello sguardo. Verso la fine della giornata, quando non le avevano dato nulla, era presa da una grande stanchezza, il capogiro la faceva vacillare, ella si trascinava sino ai gradini della chiesa di Portanova e vi rimaneva, immobile, accoccolata, come un batuffolo di stracci, donde sfuggiva un sordo lamento. Si rialzava, per girare ancora, fra i lumi che si accendevano, gli operai che ritornavano dal lavoro e l'odore di mangiare che usciva dalle botteghe socchiuse. Allora arrivava a raccogliere due centesimi o una fetta di pane o un osso di costoletta o uno scampoletto di trippa, e scappava a divorarlo, provando un bruciore insopportabile allo stomaco. Ma venivano spesso i giorni in cui non aveva nulla e si addormiva in un torpore malaticcio, senza aver mangiato altro che le bucce di aranci fradici, o masticato i baccelli dei piselli. Il sabato era il migliore suo giorno: al sabato una femmina giovane, col fazzoletto di seta rosso attorno al collo, la gonna corta e legata sullo stomaco, la pianella col tacco alto e il fiocco verde, la pettinessa d'argento nell'alto cocuzzolo dei capelli impomatati, le guance cariche di carminio, le dava un soldo. La giovane femmina stava per lo più accantonata a un portoncino, le mani nelle taschette del grembiule, lo sguardo vagante, la fisonomia stupida, canticchiando dalla mattina alla sera una canzoncina lenta:

Spina de pesce,

Sta vita desperata quanno fenesce?

Ogni giorno, molte volte, la bimba le passava daccanto. Ma solo il sabato l'altra le dava un soldo: questo per cinque o sei mesi. Poi la donna scomparve. L'avevano buttata o s'era buttata nel pozzo.

In quella giornata di domenica, la bimba si sentiva morire. Ogni tanto le mancavano le forze e si sedeva per terra. Le botteghe erano chiuse, i viandanti frettolosi non le davano retta, dirigendosi tutti alle strade superiori, scomparendo lassù: ella li seguiva macchinalmente, con lo sguardo. Entrò nella chiesa di

Portanova. La chiesa era vuota, le parve immensa e paurosa; ebbe una sensazione di freddo, co' suoi piedini nudi sul marmo; il sagrestano l'acchiappò e la mise fuori. Ella riprese la sua corsa nelle strade spopolate: si vide sola, disperata. Tutti erano andati lassù.

Allora, dimenticando la sua paura, spinta dalla fame, dall'istinto, superò la frontiera, e oltrepassato il larghetto di Rua Catalana, salì gli scalini di san Giuseppe. Fu stupefatta: vedeva quello che non aveva mai visto, la strada larga, i magazzini puliti, i palazzi bianchi, i giardini, il cielo. Dimenticava la sua fame davanti a così mirabile spettacolo: non vi pensò più dinnanzi a un negozio di giocattoli. Lassù tutto era bello: ed ella seguì la folla che si avviava per Fontana Medina, fermandosi ogni momento, eccitata, curiosa, scordandosi di chiedere l'elemosina. Solo le carrozze la spaventavano col continuo loro incrociarsi; ma seguiva il marciapiede. A piazza Municipio, vinta di nuovo dalla stanchezza, sedette sopra un banco, presso il giardino; ma dopo un poco saltò giù e corse anche lei verso san Carlo: là si perdette, piccina come era, nella folla che la trascinò verso san Ferdinando. Non vedeva niente, annullata fra la gente; aveva caldo, stava bene. Ogni tanto vedeva passare nell'aria un mazzetto di fiori, poi un altro, poi una pioggia di fiori: ogni tanto la folla si gettava da parte, per lasciar passare un equipaggio, dentro una signora bellissima, seduta in mezzo alle stoffe e ai fiori: visioni rapide, fuggevoli, fulgide, che quasi sgomentavano la bambina. Passò il tempo, così. Imbruniva: i fiori cadevano più lenti, il clamore era più basso, la folla si diradava. Accanto alla bimba passò una leggiadra apparizione di donna, dall'abito nero, succinto e ricco, dal volto bianco e sorridente, dagli enormi brillanti alle orecchie delicate: portava in mano un cestino di fiori, a mazzetti e disciolti. Era una fioraia meravigliosa, che accumulava denari nel fondo del cestino.

— Signora, signora — mormorò una voce infantile — dammi un fiore.

E la fioraia, con un moto gentile e svelto, lasciò cadere nelle mani della bimba un manipoletto di garofani. La bimba sorrise, ficcò un garofano in un bucherello della sua camicia e volle anch'essa vendere i fiori, poiché ne aveva tanti. Ma da lei la gente non ne comprava. Uno studente le disse: quando sarai più grande, potrai vender fiori. Un grasso signore si pose a declamare contro l'accattonaggio e contro l'inerzia della questura. La bimba non comprese il senso, ma inteso che la maltrattavano. Neppure lassù erano buoni con lei. Ella era lacera, scalza, brutta: i suoi grandi occhi spalancati mettevano paura, la sua testolina arruffata e selvaggia faceva paura. Ora la fame riappariva feroce, mettendole un fuoco nel petto, straziandola. Si trovava presso la Boulangerie française, donde usciva un odore di pane e di pasticcini che la faceva svenire. Offriva i suoi fiori macchinalmente, senza poter più parlare, con un singhiozzo lento che le sollevava il petto. Un soldato passò e comprò un garofano: dette un soldo. La bimba entrò nella panetteria e comprò un panino da un soldo. Le bastava. Voleva andar via. Ricominciava ad aver paura. Quelle carrozze la stordivano, lei che voleva passare dall'altra parte. Prese la rincorsa, abbassando il capo... Nella carrozza una signora gittò un grido e svenne.

Ma sulla via, presso il marciapiede, agonizzava una innocente creatura, con la gambina sfracellata. Agonizzava, giacente fra i garofani che le si erano sparsi d'attorno, stringendone uno sul petto, tenendo il panino nell'altra mano, con la faccia bianca e seria, la bocca socchiusa, coi grandi occhi meravigliati e dolorosi che guardavano il cielo.

GIUOCHI

Era una grande casa di provincia, con un portone sempre chiuso, quello nobile, pei signori, che vi davano un forte picchio col battente — e un portone sempre spalancato, quello dove passavano i carri di grano, di vino, di carbone, di pasta. Sopra, gli stanzoni vasti, alti di soffitto, con le travi foderate di carta fiorata, coi muri dipinti di giallo chiaro o di lilla pallido. Alle finestre grandi e profonde, invece delle portiere di merletto, quelle strette tendine di mussola bianca, attaccate ai vetri. Mobili antichi e anneriti: scrivanie larghe, coperte di incerata nera, dai cassetti profondi; divani lunghi, angolosi, foderati di lana verde e come imbottiti di spini; armadii larghi quanto una parete, che si serravano con un piccolo catenaccio. Nelle cornici nere e tarlate certi quadri sanguinolenti: la battaglia di Solferino, Mazeppa, Marco Botzari — e certe incisioni sbiadite che rappresentavano il Tempio di Serapide a Pozzuoli, la Via dei Sepolcri a Pompei. Per ornamento, sui cassettoni, sotto le campane di cristallo, certi santi vecchi, vestiti da frati cappuccini. Il salone aveva le imposte sbarrate, immerso nella oscurità, proibito ai bambini; del resto, chiuso a chiave, aperto solo quando veniva una visita ufficiale.

Dalle otto del mattino alle due del pomeriggio, la casa era tranquilla e silenziosa, perchè i bimbi erano a scuola. A tavola il pispiglio era dominato da un appetito formidabile, appetito di bambini sani, grassi, forti: dopo, a dormire sino alle quattro, siesta obbligatoria di provincia. Dalle quattro alle cinque studiavamo quelle poche lezioni per il domani: alle cinque....

Alle cinque era la rottura delle file, la libertà, lo scoppio, la rivoluzione, i diavoli scatenati per la casa. Erano inutili le ammonizioni, le minacce, gli schiaffi: l'uno piangeva e gli altri ridevano, dopo un momento rideva anche lo schiaffeggiato. Le mamme, le nonne, le zie si disperavano, si chiudevano in cucina, si rifugiavano nella cappella. Agli otto bambini di casa — da sei a dodici — se ne univano altri sette od otto, piccoli parenti e piccoli amici, che arrivavano condotti dalle serve. Diventavamo un piccolo popolo di creature bionde o brune, insolenti di salute, dalle gambe grassotte, e nude, dalle guance dure e colorite, dai polmoni fortissimi. Piccolo popolo turbolento, sfrenato, che si allargava attraverso la casa e ne prendeva possesso in tutti gli angoli, in tutti i recessi. Avevamo allora per noi i cameroni vuoti dove si stendeva il bucato nei giorni di pioggia; le larghe terrazze sotto il sole, a cui arrivavamo, arrampicandoci per le ripide scalette di legno; la grande loggia del primo piano, piena di maggiorana e di basilico; avevamo la dispensa del cortile dove si conservavano i salami e i formaggi; avevamo i granai, festa della nostra infanzia, dove rotolavamo giù dalle montagne di grano, dove affondavamo nelle montagne di granone, dove mangiavamo l'uva secca e le mele acerbe. Era una corsa attraverso le stanze, un precipizio per le scale e le scalette, un galoppo di puledri sull'asfalto, una tromba rumoreggiante, squillante, ridente, attraverso la malinconia della casa.

Il preferito fra i giuochi, come dappertutto, eri a capinnascondere. Con molta gravità ci mettevamo in cerchio nella stanza da pranzo e tiravamo a sorte, quello che doveva star sotto. Se capitava a una bambina, faceva il muso e se ne andava borbottando a mettersi in un angolo, col viso rivolto al muro, con gli occhi chiusi per non vedere; se era un maschio, faceva il disinvolto e il sicuro di sè. Dopo esserci assicurati che quello sotto non poteva vederci, partivamo in punta di piedi, in gruppi di due, di tre, per nasconderci: ed era una ricerca muta e nervosa, inquieta e taciturna, di un nascondiglio impossibile. Bisognava trovare presto e bene: avere astuzia e audacia; avere fantasia e attività. Vi era il giuocatore egoista, che trovato un nascondiglio per sè, ne cacciava gli altri, col pretesto che facevano rumore e che lo scoprivano; vi era il giuocatore immaginoso, che si ficcava negli armadi, fra le materasse, senza respirare, sorridendo in quella soffocazione; vi era il giuocatore incerto, che girava tutta la casa, senza trovare un cantuccio soddisfacente; vi era quello audace che si metteva semplicemente dietro una porta, dietro una poltrona, a due passi da quello celato, con la magnifica certezza di non essere scoperto, per le troppe probabilità di essere preso; e vi era finalmente quello sciocco, che si ficcava stupidamente sotto un letto. Quando tutti erano nascosti, si sentiva un griduccio lontano, stridulo, prolungato:

— Vieni.....i!

Allora quello sotto si moveva con precauzione, non allontanandosi molto dal suo posto, guardando a dritta, a sinistra, camminando a piccoli passi. Palpitavano i piccoli cuori nei nascondigli; dove erano nascosti due l'uno diceva all'altro:

— Non ci trova, no; è troppo scemo.

Finalmente quello sotto si risolveva a lasciare il posto e la stanza da pranzo: allora si schiudevano le porte, gli armadi, si scostavano le sedie, le scrivanie, e i nascosti fuggivano, al posto, strillando la loro vittoria. Mentre quello sotto ne perseguitava uno, invano, gli altri sbucavano da tutte le parti, gridando, felici di non essere stati presi, correndo al posto. Allora quello sotto se ne andava tranquillamente a guardare sotto i letti e trovava il bimbo sciocco, accovacciato, che non aveva osato fuggire e che si faceva prendere come un sorcio in trappola, chinando il capo e allungando il muso; noi gli dicevamo, ridendo:

— Stupido, perchè ti sei messo sotto il letto? E non potevi scappare, quando lui è passato?

— Sapevo questo, io, che lui mi trovava — borbottava lo scemo, andandosi a metter sotto.

Ma le partite più interessanti erano quando colui che stava sotto era molto furbo — Michele, per esempio, che poi è diventato medico. Allora noi ci riscaldavamo, facevamo un complotto nell'anticamera, per trovare un nascondiglio assurdo. Michele, dalla sala da pranzo, diceva con voce canzonatoria:

— Posso venire?

E noi, in coro, impazientiti:

— Non ancora, non ancora!

Infine decidevamo di ficcarci due o tre nel gallinaio, spaventando le galline; un altro paio dentro l'arca, dove s'impastava il pane, tenendone un po' sollevato il coperchio per respirare; e qualcun altro saliva sopra gli armadii, a rischio di rompersi il collo: la più piccola, Adelina, si andava maliziosamente a ficcare dietro Mariagrazia, la serva che filava e non si moveva più per non scoprire Adelina. Allora quel furbo di Michele stava un poco a pensare, poi direttamente, come se qualcuno glielo avesse detto, andava al gallinaio e ne prendeva due pel collo, apriva l'arca e ne prendeva un altro paio, diceva a quelli sull'armadio di scendere: e noi restavamo mortificati, chiedendogli:

— Come ci hai trovati? chi te lo ha detto? Quella birbona di Concetta, la cameriera?

— Ho capito — diceva lui, modestamente glorioso.

— Ma me, non m'hai chiappato — gridava Adelina, spuntando di dietro a Mariagrazia.

— T'avevo vista, ma non t'ho voluta prendere — diceva lui, sdegnoso e trionfante.

Sino a che un giorno, a questo malizioso e dispettoso Michele, pensammo di giocargli un tiro. In un granaio pieno di quadri vecchi e di mensole del primo Impero, vi era un canestrone rotondo, alto tre metri, come due botti di vimini, una sovrapposta all'altra. Ci si metteva la biancheria sporca. Per entrarvi dentro lo facemmo traboccare per terra, e vi entrammo, in sei, come nella bocca di un forno: poi premendo sul fondo, lo facemmo rialzare e restammo immobili, in fondo a questo pozzo rotondo. Ridevamo fra noi, perchè certo Michele non ci avrebbe mai trovati. Stavamo allo stretto, uno addosso all'altro, ma felici di aver burlato Michele. Appena Adelina si lamentava che le doleva un piede, qualcuno le mormorava:

— Zitto, bestia! ci farai scoprire.

Passava il tempo. Michele non veniva.

— Non ci trova, non ci trova — dicevamo sottovoce, ridendo.

Poi, cominciammo a seccarci. Poichè Michele non ci trovava, era meglio uscire di là e andargli a dire che era uno scemo, uno scemone, che gliel'avevamo fatta. Ma che! Noi premevamo sul fondo e il canestrone rimaneva ritto, con le sue pareti alte come quelle di una torre: non sapevamo rovesciarlo più, per uscirne. Le pareti contro cui battevamo per farlo voltare, scricchiolavano, ma noi pesavamo troppo sulla base. Prima ci guardammo tutti spaventati: poi Adelina pianse e strillò: poi piangemmo e strillammo tutti. Dopo un quarto d'ora di questa desolazione in fondo al canestro, vennero a liberarci Mariagrazia e Concetta, le serve, che rovesciarono il canestro e ci trassero fuori, esse ridendo, noi piangendo. Ma il più terribile dell'avventura fu questo: che quell'infame di Michele era venuto piano piano nel granaio, aveva capito che noi eravamo nel canestro e se n'era andato placidamente, prevedendo la nostra impossibilità di uscirne, a far merenda con un pezzo di pane e una fetta di prosciutto. Egli pel primo e poi tutti i parenti si burlavano di noi, anche lo zio cancelliere che era così serio, anche zio Gabriele che era paralitico. Fu una sconfitta famosa.

La mosca cieca veniva dopo. Tutto lo studio era di stringere bene il fazzoletto sugli occhi a quello che stava sotto e poi domandargli:

— Ci vedi?

— No.

— Di': quanto voglio bene a mammà, non ci vedo.

Ed egli giurava, e cominciava a brancolare, mentre noi scappavamo, facendo scambietti, capriole, accovacciandoci, sfuggendo come anguille: fra le risa convulse scoppiava il grido:

— Ci vede, ci vede! il giuoco non vale!

Poi, egli ne acchiappava una che si dibatteva, tenendola stretta:

— Chi è? Chi è?

— È Clelia.

— Bravo, Peppino, bravo! è Clelia!

Clelia andava sotto. Ma alla semplice mosca cieca noi ne preferivamo una più complicata, quella con la spazzola. I bimbi e le bimbe si prendevano per la mano e facevano un circolo attorno a Clelia, ritta in mezzo, bendata, con la spazzola in mano. Dopo aver fatto due o tre giri in modo da confondere le idee di Clelia, ci fermavamo, tenendoci sempre per mano. Allora ella si accostava a una e cominciava a passarle delicatamente la spazzola sul viso, sul collo, sui vestiti. La spazzolata si inchinava avanti, si piegava indietro, si inginocchiava per non farsi riconoscere e fremeva di non poter ridere, per non fare sentire la sua voce, e si contorceva tutta, mentre gli altri erano convulsi di risate taciturne. Dopo avere molto spazzolato, Clelia pensava un poco e diceva:

— Ha il nastro nei capelli: è Cristina. E tutti scoppiando:

— Ma che Cristina, che Cristina! Giro, giro, giro!

La ronda ricominciava, si arrestava di nuovo, Clelia faceva passeggiare la sua spazzola sopra un altro viso, lungamente, producendogli il solletico. Si moriva dal ridere, allogandosi per non farsi udire. Finalmente Clelia, trionfante, esclamava:

— Ha il grembiule di mussola: è Matilde. Ma stanchi di questi giuochi, ne inventavamo una quantità, parodiando i grandi. Giocando alle visite si udivano questi dialoghi:

— Come sta il vostro bambino?

— Benissimo, ma ha sette anni e vuole succhiare ancora. E vostro marito, Carluccio, come sta?

— È troppo impertinente: lo metterò in collegio.

Si giocava all'ammalato. Adelina si stendeva sopra due sedie, Manuelita faceva la mamma disperata, Cesarino, con un paio d'occhiali fatti di buccia d'arancio e con voce burbera, diceva:

— Questa bambina sta male, ha mangiato troppe ciliege e troppa crema. Le darete due once di olio di ricino...

— Io non lo voglio! — strillava Adelina.

— E allora tu muori. Poi un poco di brodo, poi un pollo arrosto, poi un merluzzo allesso, poi un biscottino....

— Ne voglio cinque! — strillava Adelina.

— Figlia mia, figlia mia, mi fai disperare — diceva Manuelita.

Si giocava alla chiesa, facendo l'altare con un tovagliolo sopra una panca, il ciborio con un organino ritto sulle pieghe. Ferdinando si metteva un berretto di carta e una pianeta tagliata da un giornale: poi usciva, con Carluccio dietro, per dire la messa. Noi eravamo le divote, inginocchiate, leggendo in certi libretti nostri, battendoci il petto. Spesso due divote chiacchieravano fra loro:

— Io ho piacere della messa di don Ferdinando, perchè è breve.

— E si capisce tutto. Sta dicendo il rosario?

— No, mi racomando alla Madonna Addolorata.

— Pregate per me!

— Indegnamente.

Dopo, seduto dentro un quadrato formato da quattro sedie, Ferdinando faceva il confessore nel confessionale: la penitente veniva tutta compunta:

— Padre, ho detto molte bugie.

— Hai fatto male, figlia: quante ne avrai dette? ventimila?

— Più assai.

— Un milione?

— Oh padre! Ho anche rubato certi pezzettini di zucchero, dalla zuccheriera.

— Ora lo dico a mammà — esclamava Ferdinando, levandosi in piedi.

All'imbrunire, quando ci era venuta la stanchezza e la malinconia, ci riunivamo intorno a Mariagrazia.

— Mariagrazia, dicci un conto! Un conto. Mariagrazia, vogliamo il conto!

E Mariagrazia, prendendosi Adelina e Peppino sulle ginocchia, lentamente, senza guardarci, con noi che la guardavamo negli occhi, ci raccontava la fiaba del Re serpe o quella del Re porco o quella della Schiava Saracina o il vero fatto accaduto di Fra Giovanni.

CANITUCCIA

Nella penombra, seduta sulla panca di legno, sotto la cappa nera ed ampia del focolare, Pasqualina, con le mani sotto il grembiule, recitava il rosario. Non si udiva che il pissi pissi delle labbra sibilanti le preghiere. La cucina tutta affumicata, con la larga tavola di legno verde — bruno, con la madia oscura, con le sedie a spalliera dipinta, senza un punto luminoso, s'immergeva nella notte. Il fuoco, semispento, covava sotto la cenere.

Un zoccolo di legno urtò contro la portella chiusa. Pasqualina si alzò ed aprì. Teresa, detta la capa de pezza perchè aveva servito le monache in un monastero di Sessa, entrò con la secchia dell'acqua sulla testa: si curvò un poco, perchè era alta, magra ed ossuta. Pasqualina l'aiutò a deporre la secchia per terra, e Teresa rimase un momento immobile, ma senza ansare, malgrado il peso enorme che aveva portato sul capo. Poi disciolse io strofinaccio che le era servito da cercine e lo stese sopra una sedia, perchè era bagnato fradicio. Ed era bagnato il fazzoletto di cotone che portava annodato sul capo e bagnati i cernecchi arruffati dei capelli grigi.

Intanto Pasqualina aveva acceso una di quelle lucerne di ottone a tre becchi, col lucignolo di bambagia che bagna nell'olio, tenendo in alto, sospesi con catenine di ottone, lo spegnitoio, le forbici da smoccolare e l'attizzatoio. Poi aveva aperto la madia, tagliato un lungo e grosso pezzo di pane bruno raffermo, ci aveva aggiunto un pezzetto di cacio forte e aveva dato a Teresa la cena.

— E Canituccia? — chiese.

— Non l'ho vista.

— È tardi e quella malandrina non torna.

— Mo' verrà.

— Terè, ricòrdati che domani, a tredici ore, devi andare a Carinola a portare quel sacco di granone.

— Gnorsì.

Senza mangiare, Teresa mise il pane e il cacio nella tasca profonda del grembiule. Rimase ancora un poco, con la bocca semi — aperta, tutto il volto inebetito, senza nessuna espressione, neppure quella della stanchezza.

— Me ne vado. Felice notte a signorìa.

— Felice notte.

E se ne andò lentamente verso la via della Croce, dove in una stanzuccia l'aspettavano quattro marmocchi con cui dovea pranzare.

Pasqualina restò sulla soglia e chiamò:

— Canituccia!

Nessuno rispose. La sera di una giornata di febbraio era discesa. Pasqualina si arrovellava a guardare nella oscurità. Chiamò di nuovo a distesa:

— Canituccia, Canituccia!

Allora, borbottando improperi, scese per la viottola che dalla porta di casa, tagliando in due parti l'orto, conduceva al portone. Lì guardò verso la via di Carinola, verso la traversa della Madonna della Libera, verso la unica via che taglia in due parti il piccolo villaggio di Ventaroli. Canituccia non si distingueva.

— Sarà morta ammazzata, quella tignosa — mormorò.

Un gemitìo sommesso le rispose. Canituccia era seduta sullo scalino del portone; accovacciata, col capo quasi tra le ginocchia e le mani nei capelli, lamentandosi.

— Ah, stai qua? E non rispondi, che tu possa essere impiccata? Dì? perchè piangi? T'hanno bastonata? E Ciccotto dove sta?

Canituccia, una bambina di sette anni, non rispose e si lamentò più forte.

— Perchè sei venuta così tardi? E Ciccotto?

Dì la verità, hai perduto Ciccotto? — e la voce rabbiosa di quella vecchia zitella contadina divenne tremenda.

Canituccia si gettò per terra bocconi, con le braccia aperte, singhiozzando. Aveva perduto Ciccotto.

— Ah, scellerata, assassina della casa mia, figlia di mala femmina, che non sei altro! Hai perduto Ciccotto? E tieni. Hai perduto Ciccotto? E piglia. Hai perduto Ciccotto? E afferra.

La caricava di pugni, di calci e di schiaffi. Canituccia si dibatteva, si avvoltolava, strillava, ma senza piangere. Quando Pasqualina si fu stancata, le dette uno spintone e disse con voce arrantolata:

— Senti, malandrina, io ti tengo in casa per carità: se mo' non ti parti e non vai cercando Ciccotto per la campagna, se non lo riporti a casa, ricordati che ti faccio morire crepata sulla via, come una figlia di cagna che sei.

E Canituccia, strillando ancora per le busse avute, coi piedi scalzi, rialzando il suo cencio di panno rosso, si avviò verso la strada della Libera. Camminava guardando a destra ed a sinistra, nelle siepi, nei campi coltivati, chiamando Ciccotto a bassa voce. Lo aveva perduto, tornando a casa: non si era accorta che Ciccotto non la seguiva più. Ma nella notte non distingueva nulla. Camminava macchinalmente: fermandosi ogni tanto a guardare, senza vedere. I suoi piedi nudi, diventati color di polmone pel freddo di una intera invernata, non sentivano più il terreno che si faceva glaciale, nè le pietre dove inciampava. Non aveva paura della notte, della campagna solitaria: non voleva che ritrovare Ciccotto. Udiva solo le parole di Pasqualina, che le dicevano non avrebbe mangiato se non riportava Ciccotto. Aveva una fame acerba e intensa che le torceva lo stomaco. Se riportava Ciccotto, avrebbe mangiato. Questo solo pensava, questo solo. E chiamava, chiamava, camminando rapidamente fra le alte siepi, punto minuscolo che si agitava in quella calma notturna:

— Ciccotto bello, Ciccotto mio, Ciccotto di Canituccia tua, dove stai? Ciccotto, Ciccotto, Ciccotto, vieni da Canituccia! Se non ti porto a casa, mamma Pasqualina non mi dà da mangiare. O Ciccotto, o Ciccotto!

Era uscita sulla via maestra che mena a Cascano, a Sessa, a Sparanisi. Nella oscurità la via biancheggiava, e la piccola ombra di quella bambina desolata prendeva contorcimenti strani sulla terra. La voce le si affannava. Correva all'impazzata, ora, chiamando Ciccotto con tutte le forze. Due volte, disfatta, disperata, sedette per terra: due volte riprese la corsa. Finalmente, nel campo di Antonio Jannotta, udì come un piccolo grugnito, poi un piccolo galoppo, e Ciccotto venne a lambirle i piedi col grugno.

Ciccotto era un porcellino bianco — roseo, con una macchia grigia sulla schiena, grassottello e rotondetto. Canituccia gridò dalla gioia, prese nelle braccia Ciccotto e se ne tornò indietro, con l'ultimo sforzo delle sue gambe di bambina Rideva, parlava, si stringeva al petto Ciccotto per non farlo scappare, e Ciccotto, con le corte gambe pendenti, grugniva tranquillamente. Canituccia correva di nuovo, pensando che avrebbe mangiato. Di lontano vide la figura di Pasqualina sul portone e a tiro di voce le gridò:

— Ho trovato Ciccotto, ho trovato Ciccotto bello!

Ben presto raggiunse Pasqualina e le consegnò trionfalmente il porcellino. Pasqualina, all'oscuro, sorrideva. Rientrarono in casa e Ciccotto fu portato nel suo stabbiolo, dove mangiò e si addormì immediatamente. Canituccia, ansante, aveva seguito tutte quelle operazioni. Aveva fame anche lei come Ciccotto. Seguì Pasqualina in cucina, guardandola coi suoi grandi occhi selvaggi che non sapevano chiedere. Poi sedette sullo scalino del focolare, senza dir nulla. La contadina si era seduta sulla panca ed aveva ricominciato il suo rosario. Pregava monotonamente[1] e senza fervore. La bambina, curva per non sentire lo spasimo dello stomaco, seguiva con gli occhi quella preghiera. Non pensava neppure più: aveva semplicemente e unicamente fame. Solo dopo mezz'ora, quando la Salve Regina fu recitata, Pasqualina si alzò, aprì la madia, tagliò un pezzo di pane, raccolse in un piattello certi fagiuoli freddi e dette il pranzo a Canituccia. Costei, seduta sempre sullo scalino del focolare, mangiò avidamente. Aveva una testa piccola, con una faccia minuta e bianca, tutta macchiata di lentiggini, con certi capelli ispidi, un po' rossi, un po' giallastri, un po' castagno sporco: una testa troppo piccola sopra un corpo molto magro. Portava una camicia di cotone bianco tutta toppe, un corpetto di teletta marrone e per gonnella un panno rosso, tenuto su alla cinta da una cordicella. Si vedevano le gambe stecchite: si vedeva il collo nudo e magro, dove i tendini parevano corde tese. Mangiava con un cucchiaio di legno nero. Dopo andò a bere alla secchia.

— Vattene a dormire — disse Pasqualina, che aveva preso la conocchia e filava.

Canituccia aprì la porticina della dispensola, dove si conservavano le mele, buttò via il panno rosso, si sdraiò sopra un paglioncino gramo, si tirò un cencio di coperta gialla sui piedi e si addormentò. Pasqualina filava e pensava con una certa diffidenza a Canituccia. Questa servetta era la figlia bastarda di Maria la rossa: Maria, dai capelli ardenti e dalle labbra di garofano, aveva peccato prima con Giambattista, il calzolaio; Giambattista era andato a fare il soldato e Maria era divenuta l'amante di Gasparre Rossi, un signore. Poi anche Gasparre aveva abbandonata Maria, malgrado si dicesse che Candida, detta per diminutivo Canituccia, fosse figlia di lui. È certo che quella Maria, dopo essere stata un mese a Sessa, aveva lasciato Canituccia e se n'era andata, chi diceva a Capua, chi diceva a Napoli, a far vita disonesta. Gasparre non si era voluto curare della bambina abbandonata, la quale venne su in casa Zampa, Pasqualina e Crescenzo Zampa, fratello e sorella. Ma il volto bianco macchiato di lentiggini ricordava sempre la sua mamma, la rossa, e Pasqualina, zitella, casta, magra, dalle mani nodose e rosse, dai denti gialli, dagli occhi neri di carbone, che non si era maritata perchè Crescenzo le aveva negato la dote, fremeva di terrore isterico, pensando alle follie amorose di Maria la rossa, e diffidava della piccola bastarda[2].

Così, il giorno seguente, temendo che Canituccia non perdesse di nuovo Ciccotto, con una funicella legò da un capo il piede di Ciccotto, dall'altro legò la vita di Canituccia, perchè non avessero a separarsi. Il porcellino sgambettava dietro la bambina per andare al pascolo. Passavano la giornata insieme, nei campi, cercando le prime erbe. Molte volte Canituccia attirava Ciccotto verso un posto dove aveva visto l'erba che poteva piacergli: qualche volta Ciccotto trascinava Canituccia verso un campo verde. A mezzogiorno la bambina mangiava un pezzo di pane. Erravano insieme nel pomeriggio di primavera, sino all'imbrunire. Non si lasciavano che alla casa, quando Ciccotto andava a dormire, e Canituccia, dopo avere ingoiato una minestra di cicoria fredda, o pochi ceci, o un po' di cotenna col pane, andava anch'essa a dormire. Certo Pasqualina non era più avara e più feroce di altre contadine, ma ella stessa non era agiata e non mangiava un pezzetto di carne che la domenica. Batteva qualche volta Canituccia, ma non più che le altre contadine battessero le proprie creature.

Più tardi, nell'estate, Canituccia e Ciccotto stavano più lungamente insieme. Se ne andavano all'alba a cercare granone, fichi e mele primaticce cadute dagli alberi, poichè Ciccotto era diventato forte, grande e grosso, mentre Canituccia rimaneva magra e debole. Talvolta Ciccotto correva troppo per la bambina e questa si sentiva trascinare, spossata sotto il sollione bruciante, sulla terra secca e screpolata.

— Aspetta, Ciccotto, aspetta, bello mio — diceva, sfinita.

Poi Ciccotto si metteva a dormire e la bambina si stendeva per terra, lungo i solchi del grano mietuto, con gli occhi chiusi, sentendo sotto le palpebre la vampa bruciante del sole. Si rialzava stordita, con le guance rosse e la lingua gonfia. Ora non ci era più bisogno della funicella, perchè Ciccotto si era fatto ubbidiente: solo che Canituccia si era provveduta di un lungo ramoscello per regolare il cammino di Ciccotto e non farlo andare sotto le ruote dei carri che passavano per la via maestra. Ritornavano alle ventiquattro. Ciccotto lentamente, Canituccia un po' più innanzi spinta dalla insaziabile fame che le mordeva lo stomaco. Una volta aveva provato a rubare certe sorbe acerbe nel campo di Nicola Passaretti, ma le sorbe erano amarissime e Nicola l'aveva picchiata come una piccola ladra. Anzi Nicola ne aveva detto a Pasqualina Zampa, che aveva anch'essa battuta Canituccia. La bambina se n'era andata pei campi con Ciccotto, piangendo e dicendogli:

— Pasqualina m'ha battuto perchè sono una ladra.

Ma Ciccotto aveva scosso il capo e si era messo a pascolare. Pure, ogni tanto, quando nella mente chiusa di Canituccia sorgeva una idea, lei ne parlava a Ciccotto. Quando se ne tornavano a casa, gli teneva questo discorso:

— Mo', andiamo alla casa e Ciccotto se ne va alla stalla e mamma Pasqualina gli dà la cena e poi mamma Pasqualina dà la minestra a Canituccia, che se la mangia tutta tutta.

E la mattina:

— Se Ciccotto non corre, se se ne sta sempre vicino a Canituccia, Canituccia lo porta alla Montagna Spaccata, all'arbusto di don Ottaviano il parroco e gli fa mangiare tante tante mele, mentre Canituccia si mangia il pane.

Quando venne l'autunno, Ciccotto si era fatto molto grasso e un po' pesante. Una volta, con un colpo di testa, buttò a terra la bambina che si rialzò, si allontanò e gli scagliò una sassata. Ma fu l'unica loro lite. Canituccia mangiava sempre meno e Pasqualina era sempre più aspra con la figlia della rossa, poichè la raccolta era stata cattiva e la casta zitella aveva un terribile sospetto, che suo fratello Crescenzo avesse preso una relazione amorosa con Rosella di Nocelleto: erano spariti dalla dispensa due caciocavalli e un prosciutto: poi Crescenzo aveva comperato al mercato di Sessa, per tre lire, un anello d'oro. Nella casa, Pasqualina diventava sempre più rabbiosa e avara. Se la prendeva con Teresa la serva, con Giacomo l'ortolano, con Canituccia, con tutti. L'ultima domenica, don Ottaviano non aveva voluto darle la comunione per i tanti peccati di pensiero.

Poi pioveva sempre e ogni giorno Ciccotto e Canituccia ritornavano a casa bagnati fradici. Canituccia si metteva il panno rosso sul capo, ma rimaneva con la sola camicia attorno alle gambe, camminava nelle pozze d'acqua e fango, sferzata dalla pioggia, dicendo a Ciccotto:

Corriamo, Ciccotto bello di Canituccia, corriamo, perchè piove e ho tutto il corpetto bagnato, Corriamo, perchè a casa ci sta il fuoco e ci scalderemo.

Ma spesso il fuoco era spento e Canituccia andava a dormire, ancora inzuppata dalla pioggia. In quel mese di novembre, dissero in Ventaroli che Maria la rossa era morta a Capua di una tifoidea, e il parroco, dopo la messa, aveva portato l'esempio nella predica, facendo arrossire Concetta di Raffaele Palmese e Nicoletta di Peppino Morra che avevano qualche rimorso sulla coscienza. Dissero a Canituccia che la madre era morta, ma lei non capì nulla e stette ad ascoltare come una stupida.

In quel mese, però, Ciccotto era diventato così grasso e grosso, che non si poteva più menarlo a pascolare molto lontano: passeggiava gravemente. Invano Canituccia lo chiamava: esso non aveva più forza. La prima volta che lo lasciò per andare alla montagna a far legna, Canituccia nel bosco gli raccolse una quantità di ghiande e gliele portò in uno strofinaccio. Prima di uscire per correre alla fontana, per portare il mangiare a Crescenzo nei campi o per altro incarico, essa andava a dare un'occhiata a Ciccotto. Ritornando, prima di entrare in cucina, andava di nuovo a salutarlo. Si sgomentava un poco a vederlo così grosso, tanto più di lei, che era sottile come un manico di scopa.

Una sera, nel dicembre, venendo dalla fontana, trovò don Ottaviano il parroco, Nicola Passaretti e Crescenzo che discutevano vivamente: questi tre andarono poscia a visitare Ciccotto e parlarono di nuovo. Lei non comprese. Ma la sera del giorno seguente venne da Carinola Sabatino il macellaio e a Teresa si aggiunse Rosaria, la serva di Gasparre Rossi. Vi era una grande agitazione nel cortile e nella cucina: sul focolare una grande caldaia sopra un fuoco vivissimo: tutt'i grandi piatti, tutte le catinelle, tutt'i secchi disposti: in un angolo la stadera: sulla tavola coltelli, coltellacci, imbuti: Pasqualina, Teresa, Rosaria con le gonne succinte e i grembiuli bianchi. Sabatino andava e veniva con un'aria d'importanza. Canituccia guardava tutto e non capiva. Poi chiese sottovoce a Teresa:

— Che facciamo stanotte?

— È venuto Natale, Canitù. Ammazziamo Ciccotto.

Allora, traballando un poco, Canituccia andò ad accovacciarsi in un angolo del cortile per vedere ammazzare Ciccotto. Vide al vagante lume che lo trascinavano in cortile, che Nicola Passaretti e Crescenzo lo tenevano. Udì i grugniti disperati di Ciccotto che non voleva morire, vide il coltello di Sabatino che lo ferì nella gola. Vide che gli tagliavano la testa, in tondo in tondo, al collo, e che la deponevano sopra un piatto con un sostrato di lauro fresco. Poi vide squartarne il corpo in due parti e pesarle sulla stadera; udì le esclamazioni di gioia al risultato: un cantaio e sessanta rotoli. Ella rimase all'oscuro, nel cortile, nell'angolo. Passò il tempo, in quella notte di dicembre gelata. La chiamarono in cucina. Rosaria e Teresa, coi piccoli imbuti, ficcavano nei budelli la carne della salsiccia. Sabatino e Crescenzo badavano ai prosciutti e ai pezzi di lardo, mentre Nicola sorvegliava nel caldaione i lardelli bianchi che si squagliavano, diventando strutto e siccioli. Pasqualina, sopra un angolo del focolare, faceva friggere del sangue nel tegame. Tutti parlottavano vivamente, allegramente, presi dalla gioia di quella carne, di quel grasso, di quella prosperità, infiammati dal fuoco e dal lavoro. Canituccia restava sulla soglia, guardando, senza entrare. Allora Pasqualina, pensando che la bambina non mangiava da un giorno e che era momento di festa, prese un pezzo di pane nero, vi mise su un pezzetto di sangue fritto e disse a Canituccia:

— Mangia questo.

Ma Canituccia che moriva di fame, disse di no, semplicemente, col capo.

PROFILI

Ella porta quel poetico e soave nome che Leopardi ha amato: Nerina. E in tutta la persona di questa fanciulletta alta e sottile è diffuso un mite riflesso di poesia. La mollezza dei capelli castagni, abbandonata in lunghe anella sulle spalle, lascia libera una fronte larga, bianca e spirituale: fronte pensierosa, come i grandi occhi bruni, egiziani; occhi limpidi e profondi, pieni di calma, a cui un principio di miopia dà, talvolta, una incertezza come di sogno, o una finezza elegante di sguardo. Il profilo è corretto, delicato, già femminile: mentre la boccuccia rimane ancora infantile, labbrucce fresche e rosate, tutte ingenue, senza sapienza di sorriso, che si gonfiano ancora per una stizza, per fare il broncio, per piangere. La voce fiorisce lenta ed espressiva con qualche intonazione bassa di malinconia: una voce che pensa, parlando. Più volentieri ella ascolta, con la testolina reclinata, gli occhi intenti e ombreggiati dalle ricche ciglia castane, la bocca schiusa. Si lascia andare, stancamente affettuosa, con la testa appoggiata sul petto della madre o del padre, le mani pendenti lungo lo strano abito tonaca dell'adolescenza che ha qualche cosa di misticamente bizantino, nelle sue linee diritte. Ella ama tutte le cose di pensiero e d'immaginazione: le lunghe letture in un cantuccio di salotto l'attraggono irresistibilmente, una conversazione letteraria l'assorbisce, la contemplazione di un quadro se la prende tutta. Una sera la fantasmagoria del ballo Excelsior la inebriò; un giorno, a Venezia, sulla piazzetta di S. Marco, ella si mise a supplicare suo padre, con le lagrime agli occhi, perchè non la portasse mai più via da quel paese così bello. Ella ha una intelligenza squisita e gentile, che impara presto le cose dove l'intuizione vale più del ragionamento e dove il gusto predomina sulla dimostrazione: e spesso questa gentilezza è attraversata da una corrente d'ingenuità, quell'impensato meraviglioso dell'infanzia. Infine ella è una creatura semplice, un po' timida, raccolta in sè, serena, tutta spirituale.

La malìa di quel piccolo Ruggero sta negli occhi. Sono occhi di un nero carico, intenso, vellutato, dall'iride larga e carezzevole, dalla cornea azzurrina, dalle ciglia lunghe e quasi femminili; bizzarri occhi che scintillano di malizia; fieri occhi pensierosi, il cui sguardo che si solleva lento lento, pare che arrivi da lunghe contemplazioni misteriose; languidi occhi seduttori che si socchiudono, come in una stanchezza. Questo piccoletto ha la pelle bruna, di un bruno caldo e fiorente, i capelli piantati rudemente sulla fronte, le sopracciglia nere e sottili, la bocca rossa e viva come un garofano: bruno il collo libero nel colletto alla marinara, brune le gambe nude e nervose. Ma il viso delicatamente ovale è divorato da quegli occhioni singolari che vi turbano, tanto sono dotati di fascino. E dietro la singolarità di questi occhi, che a volte sembrano quelli di una andalusa vivace, a volte quelli di un arabo ravvolto nel burnous, vi è un bizzarro temperamento di fanciullo. Egli non vuole essere baciato: non bacia mai. Se gli parlate come a un bambino, egli vi guarda serio serio, volta le spalle e se ne va. Di giocattoli non ne vuole. Bisogna fargli un bel ragionamento, logico, tranquillo, parlandogli come a un grande: allora vi risponde, quetamente, certe cose profonde che egli pensa. Non provate a raccontargli delle storie, delle fiabe: è lui che ve ne racconta, che le inventa, forse. Si pianta ritto innanzi a voi, concentrato, guardandosi la punta delle scarpe, coll'indice appuntato all'angolo delle labbra, e vi dice sottovoce, come se parlasse a se stesso, la fiaba, la leggenda. Ogni tanto si degna benignamente di spiegarvi qualche particolare—perchè l'orco, alle volte, è buono—perchè quella era proprio una buona ragazza—e continua, allargando i confini del racconto, inventando, fantasticando, come se creasse. Se lo interrompete, si turba, vi dà un'occhiata fra il diffidente e il severo: ricomincia, senza badare a quello che gli avete chiesto. Quello che abbonda in lui è una immaginazione quasi orientale, piena di sogni: è una virilità di volontà inflessibile. Egli vi dice: imparerò a nuotare l'anno venturo, quando sarò proprio un uomo. È il più piccolo fra i due fratellini: ma il più grande, Paolo, è un bambinone biondo e grassoccio, bianco, roseo e liscio come una mela, dagli occhi azzurri e timidi, che parla poco, sorride spesso e se ne sta, placido, placido, lasciandosi proteggere da Ruggero che è il più piccolo. Ruggero dà la mano a Paolo per condurlo a scuola, lo scansa dalle carrozze, lo difende contro il maestro che vuol metterlo in castigo e se lo abbraccia stretto stretto, dicendogli di non piangere.

Sono due cuginette, non si rassomigliano, ma sembrano una persona sola. Laura ha i capelli di un biondo dorato, in due trecce giù per le spalle: Beatrice li ha d'un biondo cenere, molto dolci alla vista, molto fini al tatto, riuniti in un nodo sulla nuca. Laura ha gli occhi di un azzurrino vivo, un po' severi, un po' socchiusi: Beatrice li ha d'un azzurro latteo, soave, molto aperti e molto sorpresi. Laura ha il viso ovale, una bocca di donna, dalle sinuosità di sfinge che tace e non sorride: Beatrice ha le guancie rotonde e come la bocca ride o sorride sempre, tutta gaiezza, le si formano due fossette. Laura ha un piede piccolo, una gamba elegante, la scarpetta con la fibbia e la calza di seta. Beatrice ha il piede lungo e arcuato nello stivalino alto da bambina. Non si rassomigliano: ma l'una non può andare senza l'altra, e chi vede Beatrice desidera di vedere Laura. Vestono di rosa — pallido, di azzurro smorto, sempre eguali: Laura ha un cerchiolino d'argento al braccio, Beatrice un anelluccio, un rubino al dito. Laura è più seria, più malinconica, risponde brevemente, con prontezza, con acutezza di donna: Beatrice è più allegra, più fanciullona, più improvvisamente infantile nelle domande. Laura ama la musica e l'ascolta quetamente: Beatrice si entusiasma della poesia. Laura ha più gusto: Beatrice ha più calore. Quando stanno insieme, si tengono per mano, o vanno a braccetto, le spalle che si sfiorano, le testoline bionde che si avvicinano. E hanno fra loro motti speciali, intonazioni di voce, sorrisi arguti, sguardi fuggevoli, parolette sussurrate, per cui s'intendono a volo. S'intendono e si completano: e sembrano una fanciulla sola, bella, buona, intelligente, una sola anima poetica che abbia preso due forme: Laura — Beatrice.

ALLA SCUOLA

Aspettavamo i giorni di tirocinio con una ansietà segreta. I giorni di lezione erano monotoni, spesso tristi. Noi studiavamo senza voglia, malamente, con programmi incerti, con professori troppo severi o assolutamente inetti. Eravamo già maestre e l'essere trattate da scolarette ci umiliava, ci stizziva. A casa, qualcuna di noi aveva la povertà, quasi tutte una miseria decente—e chi un fratello ebete, chi un padre paralizzato, chi una matrigna tormentatrice, qualche piaga celata con cura, qualche vergogna nascosta con una nobile pietà, qualche infelicità, qualche ingiustizia del destino, a cui la rassegnazione era completa. Non erano allegri i nostri diciotto anni, e le aride lezioni di aritmetica, di pedagogia, di geografia, finivano col ravvolgerci in un ambiente di malinconia.

Ma il tirocinio ci salvava dalla tetraggine, rompendo la monotonia, dandoci un giorno di pausa. Eravamo trenta e ne scendevano tre al giorno al pianterreno, nelle scuole elementari: così il turno capitava ogni dieci giorni. In questo benedetto decimo giorno, le tirocinanti indossavano l'abito nuovo se lo avevano, e se non lo avevano, mettevano un colletto pulito, un fiocco di nastro per cravatta: si pettinavano meglio, qualcuna si faceva i ricciolini. Entravano in classe alle otto, dicevano la preghiera, segnavano la presenza sul registro, e stavano lì, distratte, con gli occhi trasognati, aspettando le nove per andar giù, mentre le amiche mormoravano:

— Beate voi che andate al tirocinio!

Risalivano alle due, molto riscaldate in volto, coi capelli un po' arruffati, con gli occhi lucenti, stanche, ma felici, felici di quelle ore passate fra le bimbe, felici di quel primo contatto, di quelle prime lezioni date timidamente, contente di quella nuova dignità conquistata. E narravano alle altre quello che avevano spiegato alle piccine, l'addizione sul pallottoliere, i dittonghi e la maglia di calza: dicevano che le piccine erano tanto carine, tanto intelligenti, alcune tranquille, alcune insolenti, che la maestra titolare lasciava fare tutto alla tirocinante, che insegnare era un po' duro, ma che infine diventava un piacere. Poi venivano i caratteri delle piccole descritti minutamente: Orefice è buona, ma è stupida e si succhia il mignolo: bisogna tenerla sempre d'occhio — Abbamonte è bellina, ma è zoppa, poveretta, non può fare la ginnastica — Chiarizia è insolente, risponde male e brontola, ma è figlia di un segretario municipale, non si può sgridarla molto. — Tutte quelle che avevano fatto il tirocinio prima di me, mi avevano detto:

— Quando andrai giù, Aloe ti farà dannare.

— Aloe ha un diavolo per capello.

— Se non ci fosse Aloe, la classe sarebbe tranquilla.

— Dovrebbero cacciarla, Aloe: è un demonio di malignità.

— Aloe è terribile.

Finalmente andai io: traversai il giardinetto della ginnastica e mi fermai innanzi alla porta vetrata della classe, con una certa trepidazione. Sullo scalino una bimba era accoccolata, col capo chinato; ma non piangeva.

— Che fai qui? — le chiesi, dandomi un tono d'autorità.

— Sono arrivata tardi — rispose a bassa voce, senza guardarmi in volto — e la maestra non ha voluto farmi entrare.

— Perchè non te ne vai a casa?

— Perchè mamma non ci sta, a casa, adesso.

— E dove sta mamma?

— Alla fabbrica del tabacco.

— Come si chiama mamma?

— Si chiama mamma — disse lei, semplicemente, un po' meravigliata.

— Entra con me in classe; ti farò perdonare dalla maestra il ritardo.

Appena entrai vi fu un movimento precipitoso: tutte quelle piccine — sessanta forse — si alzarono, strillando su tutti i toni:

— Buon giorno, maestra! Buon giorno, maestra!

Credo di essere diventata rossa dall'orgoglio; mi tremava la voce, dicendo alla maestra titolare:

— Buon giorno, signorina. Fate sedere le piccole: vi prego, lasciate che questa qui rientri in classe.

La maestra fece una smorfietta:

— Questa qui è Aloe. Vi divertirete bene — disse.

E volte le spalle, se ne andò a far colazione. Aloe le cavò la lingua, tanto per cominciare. Era una bambina di dieci anni, molto brutta, molto magra, coi pomelli sporgenti, una bocca larga e avvizzita di donna, due occhi grigi e vivi, maliziosi, una criniera nera di ricciolini ruvidi, troppo folti, che pareva le lasciassero il volto esangue. Portava un vestitino di lanetta stinto, le calze di cotone azzurro tutte rattoppate col filo bianco e aveva le scarpe rotte.

— Andate al posto — le dissi — e state quieta.

Ella andò lentamente al banco e stette cinque minuti tranquilla. Ma mentre si diceva l'Avemaria, diede un pizzicotto nel braccio a Cavalieri, che si mise a piangere. Cavalieri era una grassottella, bianca e pienotta, coi capelli castagni, la boccuccia rotonda e schiusa; le fossette nelle guance, al mento, nelle manine; una piega nel grasso del collo, una piega nel grasso dei polsi. Era vestita di flanella rossa, calda calda, con un grembiule bianco ricamato, con le calzette di lana rossa: aveva un panierino elegante per la colazione.

Passava il tempo a guardarsi le braccia, a guardarsi le mani, a guardarsi i piedi, a guardarsi le pieghe del grembiule, sorridente e rotondetta, gonfiando il bocchino, non capendo nulla, attirando i baci per quell'aspetto di pallottolina bianca, rossa e pulituccia.

— Aloe, perchè avete dato il pizzicotto a Cavalieri?

— Signora maestra, perchè è troppo grassa — mi rispose, levandomi in volto i suoi occhi di donnina malata e cattiva.

— Cercatele scusa, subito.

— No — rispose, duramente, battendo un piede sul tavolato.

— Andiamo, Aloe, siate buona: le avete fatto male a Cavalieri, Cavalieri piange, chiedetele scusa.

Allora, senza guardare nè me, nè la piccola vicina, mormorò a bassa voce:

— Chiedo scusa.

Cavalieri, rabbonita, lo buttò al collo le braccia grassocce e la baciò sulla guancia. E Aloe si diede a piangere, tremando tutta, singhiozzando, inconsolabile.

Per quanto cercassi d'essere imperiosa, non ci riescivo. Quelle creature non ci credevano alla mia durezza, alle mie occhiate burbere, alla voce secca e breve, alle minacce di castighi. Mi sogguardavano, sorridendo; oppure mi chiedevano perdono con certi sguardi supplici — io mi voltava verso la lavagna, per non perdere la gravità. Non era possibile di farle stare tranquille: ogni momento nasceva un nuovo incidente. In quanto a Parascandolo, una bimba sottile, con certi occhi lionati e un nasino dalle nari dilatate, ella mangiava sempre. Prima aveva mangiato il pane della sua colazione, poi aveva cavato di sotto al banco una arancia e l'aveva mangiata; poi si era messa a rosicchiare certe nocciuole che aveva in tasca.

— Parascandolo, voi mangiate ancora?

— Maestra, è un confetto che aveva nel panierino.

Più tardi:

— Parascandolo, finitela di mangiare.

— Maestra, è una noce, me l'ha data Amarante.

E dopo:

— Parascandolo, dite la lezione.

Ella inghiottiva di traverso, diventava rossa, le venivano le lagrime agli occhi, non si raccapezzava, si tastava le tasche del grembiule, a sentire se vi erano certe sementi infornate che aveva comperate. Invece Edwige Santelia sapeva tutte le lezioni, addizionava a tre cifre, faceva le aste bene inclinate, teneva la penna leggermente, senza sporcarsi le dita d'inchiostro. Stava zitta zitta, senza voltarsi alle piccole compagne, guardandomi fissamente in volto con certi occhi timidi, come se volesse interpretare la mia volontà. Feci una quantità di tentativi per confonderla, per coglierla in fallo, leggermente irritata di quella bonomia monotona. Mi rispondeva sempre bene, con una lentezza e una umiltà, senza turbarsi mai. Così fu che mi vinse: e in un momento in cui Aloe aveva cavata fuori la spugna del calamaio, impiastricciandosi orribilmente d'inchiostro, le gridai:

— Aloe, ma non potete star ferma un minuto? Vedete Santelia!

— Ah! quella è Santelia — mi rispose, con un accento profondo.

Lei Aloe non sapeva nulla, non aveva il sillabario, non aveva la penna, non aveva l'abbaco, non aveva il quaderno per le aste. Stava ritta innanzi al cartellone delle sillabe, guardandolo con le mani penzoloni, senza aprire bocca. Una viva espressione di sofferenza le si traduceva sulla faccia smorta.

— Leggete dunque.

— Non so — mormorava — non so.

— Andate a sedere all'ultimo banco e fatevi prestare il sillabario da Tecchia: essa leggerà in quello di Buongarzone.

Perchè Tecchia e Buongarzone, una brunettina pallida e una biondina dagli occhi azzurri, stavano sempre accanto, leggevano nello stesso libro, intingevano la penna nello stesso calamaio, avevano una sola cartella. Capitavano alla scuola, tenendosi per mano, serie serie. Quando Tecchia non sapeva la lezione, neppure Buongarzone la sapeva: quando Buongarzone andava in castigo, Tecchia piangeva sommessamente, sino a che non si mandasse in castigo anche lei. Alla ricreazione passeggiavano a braccetto, senza parlarsi. Facevano colazione insieme, senza far rumore, in un angolo di banco, rosicchiando come due sorcetti. Quando Tecchia andava al pallottoliere, Buongarzone restava fremente al banco, cercando di suggerire, di aiutare l'amica:

— Tecchia — settantatre e otto?

E Buongarzone soffiava, chinando gli occhi, per non farsi scorgere:

— Ottantuno.... ottantuno.

Si capivano fra loro, senza dirsi nulla. Ogni tanto scoppiavano a ridere, di accordo, non si sa perchè, pigliandosi per mano. Poi, si scambiavano le loro riflessioni:

— L'abbaco è scucito.

— Ci vuole il filo bianco.

— Bisogna domandarlo alla bidella.

— Non ci sta.

E si guardavano, l'una nell'ammirazione dell'altra, come se le altre bimbe non esistessero, aspettando l'ora dell'uscita, per andarsene pian piano, tenendosi per mano, dicendo di queste cose:

— Oggi ci stanno i maccheroni.

— Mammella ha fatto la cicoria.

Ma l'ora lunga e difficile fu quella dei lavori donneschi. Poche sapevano fare la calza, qualcuna sapeva far l'orlo: e di queste, poche avevano il filo e i ferri e l'ago e il ditale e qualche cosa da orlare. Santelia cuciva già una camicia. Cavalieri si bucò un ditino, ne sprizzò il sangue, lo succhiò e non volle più cucire. Tecchia e Buongarzone avevano la calza e lavoravano, urtandosi coi gomiti, dure dure, come se contassero le maglie. Le altre che non cucivano e non facevano la calza, non potevano star ferme, non potevano tacere. Dovetti andare molto in collera per ottenere un po' di silenzio. Dopo cinque minuti, una vocina timida mi chiese:

— Maestra, fateci un favore.

— Che favore?

— Dite prima, che ce lo fate.

— Se non so che cosa è....

— Maestra, ce lo potete fare.

— Dite dunque.

— Maestra, vogliamo sapere come vi chiamate.

Dissi in fretta il mio nome e subito un coro di esclamazioni:

— Oh che bel nome che avete, maestra! Beata voi che avete questo nome.

Ma in questa ora, quella scarna di Aloe, dagli occhi febbrili, fece quante impertinenze possono frullare in una testolina stravagante: stracciò un quaderno, tolse una scarpa a Parascandolo, si ficcò uno spillo tra due denti che non si poteva più cavare, sventrò il cuscinetto di un banco, ruppe un vetro e si ferì una mano. Niente ci poteva: si rideva delle sgridate, si rideva del castigo, andava in un angolo, ballava la tarantella e faceva le castagnette con le dita, si buttava per terra, faceva le capriole. Frenarla non era possibile. In certi momenti mi veniva da schiaffeggiarla: in certi altri mi salivano le lagrime agi occhi. Ella era indomabile.

— Aloe, se non state un po' tranquilla, chiamo la direttrice e me ne vado su — le dissi placidamente.

Ella mi guardò, di sottecchi.

— Se vi fate dare un bacio, mi sto quieta — mi disse.

— Che! siete troppo impertinente.

— Voglio darvi un bacio — ripetè, ostinata.

Infine dovetti farmi baciare. Allora lei si sedette, stette immobile, con le mani in croce, presa da una tristezza grande. Quando me ne andai, quelle piccine mi circondarono, strillando:

— Maestra, tornate presto! Maestra, non lo dite sopra che siamo cattive!

Aloe se ne andò senza parlarmi.

Nelle vacanze, vicino alla bottega di uno stagnino, vidi Santelia seduta, che cuciva. Mi riconobbe e si alzò, guardandomi con lo stesso sguardo timido:

— È papà vostro, lo stagnino?

— Sì, signora maestra.

— Voi siete passata all'altra classe?

— Sì, signora maestra: ho avuto la medaglia.

— E le altre?

— Ce ne sono restate venti, signora maestra.

— Anche Aloe, nevvero?

— No, signora maestra: Aloe è morta.

— Quando è morta?

— Nel mese di agosto.

— E di che male?

— Aveva la febbre e aveva pure la tosse e le faceva male il petto. Poi, è morta.

— Voi l'avete vista?

— Sì, signora maestra: ci è andata la direttrice e io ci sono andata con Cavalieri. Ha detto alla direttrice: dite a tutte le maestre che cerco perdono delle impertinenze. E le scarpe nuove che la mamma le aveva fatte, che non poteva più mettere, perchè se ne moriva, le ha mandate a regalare a Casanova, quella poveretta che veniva a scuola con gli zoccoli.

NEBULOSE

Sulla via che si allunga, diritta, quasi interminabile, sotto i pioppi, camminavano lentamente i due amanti che non si amavano. Lasciavano alle spalle un tramonto di viola: andavano verso un tramonto di un grigio tenue delicatissimo. Ella si trascinava stanca e svogliata, facendo strisciare nella polvere la punta del suo ombrellino, trattenuto mollemente dalle dita: lo sguardo aveva la sola espressione di una grande lassezza. Egli si era calcato il cappello sugli occhi, portava il bastoncino sotto l'ascella e fumava attentamente una sigaretta. Non si parlavano nè si guardavano: andavano freddi e noncuranti, immersi ciascuno nell'egoismo delle proprie riflessioni. Erano due cuori inariditi, secchi, morti, che avevano assaggiata l'amarezza di un'ultima delusione, credendo di amarsi. Attori consumati nel mestiere della rappresentazione, avevano insieme recitata la commedia ignobile della passione, esaltandosi sino al punto da crederla vera: ma l'impotenza delle loro anime li aveva prima condotti all'ingiuria feroce, poi all'indifferenza. Perchè odiarsi? Erano due miserabili esistenze, due tronchi colpiti dal fulmine. Ogni tanto, in lei, un senso di nausea, un sussulto nervoso per quest'ultimo convegno, in quella mitezza autunnale, nella campagna malinconica, dinnanzi al triste mare. Un carro carico di botti passò fra loro e li divise: ella fece un moto di disgusto, per quel puzzo di vino, egli si strinse nelle spalle. D'un tratto, lungo la siepe che separa i campi dalla via, in quella luce dubbia del crepuscolo, una piccola ombra scivolò. Era un bambina scalza e cenciosa, che portava sul capo un piccolo fascio di legna.

— Oh, la piccina! — esclamò la donna.

I due amanti si posero a seguire la bimba, che camminava senza far rumore, presto presto.

— Chiamala — disse la donna.

L'uomo chiamò la bambina con due o tre nomi carezzevoli, ma quella parve non avesse inteso. Allora i due amanti affrettarono il passo, la raggiunsero: la bambina camminò accanto a loro, senza guardarli. Finalmente la donna si piantò innanzi alla bambina, impedendole il passo.

— Come ti chiami?

Nulla: alzò un paio di occhi selvaggi, li riabbassò e fece per andarsene.

— Lo vuoi, un soldo? — domandò l'uomo.

E gli mise un soldo nella manina. Il soldo cadde dalle dita aperte, a terra: e la bambina scomparve nella notte.

— Oh povera! — mormorò la donna.

— Poveretta — mormorò l'uomo.

E si lasciarono, per sempre, senz'ira, in un comune sentimento di pietà.

Il bimbo stava fermo innanzi alla vetrina di Natali, guardando le bambole vestite da ciociarine, i fantocci vestiti da arlecchino e le scatole dove annidavano le casettine dipinte e gli alberetti di trucioli verdi. Diceva alla serva:

— Se avessi quattrini, comprerei quel fratello Girard che fa le capriole con le mani e coi piedi: forse costa cinque lire e mamma non vuole mai spendere più di venticinque soldi. Comprerei anche quel sorcetto che si dà la corda e corre per la casa: la palla elastica non la voglio, perchè è brutta, perchè ne ho avute tante....

Allora, accanto a questo bimbo snello e pallido, di una bellezza pensierosa e sentimentale, si fermò una bambina. Era una ragazzina di sarta: portava uno scatolone ovale, coperto di pelle nera, con una larga correggia passata al braccio. Lo scatolone poggiava sul fianco e la faceva piegare tutta da una parte. Vestiva di nero, un nero stinto, dove diventato rossastro, dove verdastro: portava un cappellino di paglia nero, vecchio, circondato da un brutto nastro. Ella stessa era bruttissima, capelli rossi, viso macchiato di lentiggini, occhi senza ciglia, naso rincagnato. Essa, invece di guardare i giocattoli,

guardava il bambino, ascoltando i suoi discorsi. D'un tratto il bambino si accorse di lei e le disse:

— Quanto sei brutta!

Quella trasalì, ma non rispose, e restò lì, incantata, a contemplare quel bel bambino, dal labbro orgoglioso.

— Sei brutta, vattene! — disse il bimbo, facendole dei versacci.

Ella se ne andò pian piano, sbilenca sotto il peso dello scatolone, e si perdette nella folla di quella serata estiva. Anche il bimbo si avviò, dando la mano alla serva che lo rimproverava delle cattive parole, dette a una povera creatura. Egli s'indispettiva e rispondeva soltanto:

— È brutta, è brutta, è brutta.

Si ritrovarono di nuovo, sul marciapiede. Sembrava che la bambina avesse aspettato: e seguiva passo passo il bambino, fingendo di guardare in aria o nelle botteghe, quando egli si voltava. Ogni tanto con uno sforzo e con un sospiro si rialzava lo scatolone sul fianco e correva dietro al bambino, senza mai perderlo d'occhio. Fino a che egli si accorse di questa persecuzione e battè i piedi in terra, per la rabbia: si piantò sul marciapiede e quando la ragazzina fu obbligata a passargli innanzi, le dette un pugno in un fianco. Ella se ne fuggì, con le lagrime negli occhi, sorridente e beata.

Batte il sole di settembre sulla piazza di San Marco: è il pomeriggio silenzioso e chiaro. La piazza è deserta. Sotto le Procuratie passeggia qualche ozioso, con le lenti azzurre: intorno ai tavolinucci del caffè Florian, due o tre veneziani sonnolenti guardano nel fondo delle loro tazze, con gli occhi socchiusi. L'ombra del campanile si allunga, bizzarra, sulla piazza. I colombi dormono sul cornicione del palazzo reale, sulle braccia delle statue; ogni tanto se ne stacca uno, fa un volo rotondo, per aria, senza toccare terra, e ritorna al suo posto. A un tratto si ode un largo fruscìo, un batter d'ali sordo e precipitoso, e tutto lo stormo dei colombi vien giù. In mezzo ad essi una bimba, con una gonnelluccia corta e uno scialletto che le avvolge il busto, cava dalla tasca manate di granturco e ne lascia filtrare i grani fra le dita. I colombi formano intorno a lei un circolo fitto, fitto, pizzicandosi, beccandosi, per arrivare al granturco: lei sta nel centro, piccola, con una testolina minuta, con una grossa treccia fulva, mezzo discinta sul collo. Mentre cadono i grani ella guarda i colombi, fissamente, con certi occhi verdini, glauchi. Quando non trova più nulla nella tasca, un'espressione di malinconia le si diffonde sulla faccia. I colombi restano ancora un poco, cercando gli ultimi granelli, pigolando, beccandole le scarpette: poi, a gruppetti di tre, di quattro volano via, se ne vanno sul campanile. Pochi ostinati restano, cercando ancora: e questi qui se ne vanno ad uno ad uno. Ella li vede partire tutti sino all'ultimo, seguendoli con l'occhio, nel volo largo.

MODA

È utile qui dire, che nessun bimbo può essere assolutamente brutto; che nessun bimbo ispira una completa ripugnanza. Se sono malaticci, hanno la dolcezza di una malattia; se sono rachitici, hanno la malinconia attraente di un corpo condannato; se sono precoci, hanno quel sapore strano e acre delle piccole anime, già troppo grandi. Infine potranno avere il naso camuso o gli occhi piccoli o la bocca grande — ma avranno sempre qualche cosa bella: o la guancia rotonda o la delicatezza della pelle o la morbidezza dei capelli, o avranno, nello insieme, tanta grazia soave, tanta freschezza, tanta gioventù che vale come bellezza. Vi sono uomini brutti e vi sono uomini ripugnanti: ma Dio volle che non vi fosse infanzia senza sorriso e senza fascino di amore.

Così, io credo la più facile, la più deliziosa cosa per una madre, vestire il proprio bimbo. Vi deve essere una gioia minuta, ma molto acuta, nel preparare le leggiadre ed eleganti cose che renderanno più bella la propria creatura; credo che debba essere una delle contentezze più intense della maternità, questa cura assidua e immaginosa, di adornare graziosamente questo essere piccoletto e bello.

Quando, per la via, s'incontra una mammina col bimbo, se ella è più elegante del suo bimbo, bisogna diffidare un poco di quella madre. Quando il bimbo è addirittura goffo, trascurato, non riparato contro il freddo, allora il senso della maternità è molto debole in quella madre. Quando il bimbo ha un abituccio gramo, simile a quello ricco della madre, vale a dire combinato coi ritagli—allora questa madre ha il cuore deplorabilmente inaridito dalla vanità e guastato da una feroce avarizia. Invece ho conosciuto una madre, ancora giovane, ancora bella, che vestiva sempre la lana, mandando fuori la sua creatura vestita di seta; che non aveva più vanità per sè; che rientrava da ogni passeggiata, riportando un nastro, un cappellino, una mantellina per la sua creatura, che passava le ore a fantasticare qualche cosa di nuovo e di bello, sempre per la sua creatura; che si tormentava, se ne vedeva un'altra meglio vestita; che quando le dicevano: come è graziosa oggi la vostra creatura! impallidiva di gioia, sorrideva e soggiungeva subito:

— Ora, ora, le sto facendo un altro vestitino, più bello ancora, con cui vedrete come sarà carina.

E non dite che questa sia vanità riflessa. O ditelo che sia e rallegratevene. Perchè molti vestitini fatti in casa, molti sottanini di maglia, molte camiciuole ricamate, molti colletti smerlati, sono il pericolo evitato, sono il peccato sfuggito, sono il dramma scongiurato.

La moda è sempre semplice per i bimbi e per le bimbe. Quei corpi piccini sono così puri di linee o così graziosamente grassotti, che non hanno bisogno di tutte le balze, di tutte le pieghe, di tutte le arricciature di cui abbiamo bisogno — o fingiamo di avere — noi altre donne. Una bimba di sette anni, che porta la gonna sgheronata, i pouffs sui fianchi e il grosso ciuffo dietro, è sicuramente una stonatura. Intanto se ne vedono spesso, di queste bambole troppo bene vestite: è il modo di renderle ridicole e molto infelici. Se per noi altre persone grandi è una serie di problemi difficoltosi, entrare nelle vesti, poi affibbiarle, poi respirarci, poi camminarci, poi sedersi, poi salire in carrozza — caso gravissimo, quasi sempre con risultato di stringhe rotte e di nastri scuciti — figuratevi quanto possa essere misera una bambina, dentro una di queste armature medievali, che scricchiolano a ogni movimento. La tunica liscia, lievemente assettata, abbottonata sul dorso, che cade sopra un gonnellino rotondo, a pieghe larghe e profonde, è sempre l'abito più bello per le fanciullette. Così mentre rimangono libere nei loro movimenti, quella linea semplice, allungata, le veste benissimo.

Per i bimbi nulla di meglio di questa tunica che cade sui calzoncini assettati e abbottonati al ginocchio: è per loro un orgoglio, la cintura di cuoio giallo, con la fibbia di acciaio, messa molto giù. Vi sono certe maglie di lana nera o azzurro molto cupo, come una tonacella, sul gonnellino di lana bianca, che sono una cosa incantevole a vedersi. E per confessioni infantili che io raccolgo, comodissime, perchè si prestano a qualunque corsa e a qualunque capriola.

Anche per confessioni, i bimbi maschi preferiscono i calzoncini corti, al ginocchio, a quelli lunghi: quelli lunghi impacciano, seccano, si sporcano facilmente. Poi nascondono le calze che sono una vanità infantile, poi nascondono a metà gli stivalini, che sono la più forte vanità infantile. Certo il bimbo tiene assai ai calzoncini, umiliato sempre profondamente dalle gonnelle femminili: ma vuole le calze colorate, stirate sulla gamba, e gli stivalini alti, coi lacci o coi bottoni. Tanto più che questo insieme dà loro una grande sveltezza e li fa apparire più alti. Un vestitino di velluto marrone, con bottoni dorati — o di raso nero coi bottoni di madreperla, a pallottoline, le calze dello stesso colore dell'abito, gli stivalini neri: ecco una figurina seducente.

Le bimbe possono essere vestite di bianco più facilmente e con minori pericoli, perchè sono più pulite. Se ne incontrano per il Corso, tutte in bianco, con le mantelline in felpa bianca, e un berretto di pelliccia bianco: sembrano gattine freddolose, rosee, cogli occhioni bigi. Maschietti e femminucce non possono soffrire quei colletti di tela insaldati, duri come il cartone, che fanno una riga rossa sulla pelle del collo. È una moda inglese: ma serve per quei bimbi inglesi, serii, riflessivi e stecchiti che sono già gentlemen a sette anni. Il colletto deve essere morbido, largo — o deve essere una folta arricciatura di trina, che lasci ogni libertà di azione al collo. Così la cravatta non deve avere un nodo corretto che abbisogni di spilli per reggere, ma deve essere a nodo facile e artistico, a cappi svolazzanti: del resto, un bimbo, col nodo della cravatta che gli è arrivato sulla spalla o sulla nuca, è anche grazioso — come è grazioso vedere le agili ed inquiete dita della madre che glielo rimette al posto, ogni cinque minuti.

Per i bimbi da dieci a dodici anni, una consolazione sono le ghette, specie quelle caffè e latte, con una fila di bottoncini: se le sognano la notte, come mi narrava il mio amico Ninì, in tutta confidenza. Mentre per le bimbe di dieci anni, i guanti sono un desiderio segreto, ma non quelli di pelle, difficili a mettersi, e di cui saltano via così presto i bottoni: sibbene quelli di filo o di seta, che s'infilano presto e sono senza bottoni. In questo modo, quello che essi preferiscono, è quello che va loro meglio. Essi non si curano dei gioielli, ed è certamente un'abitudine barocca quella di metter loro al collo catenine d'oro con medaglioni, di dar loro degli anellini, degli orecchini di brillanti. Quella carne fresca e tenera non ha bisogno di questi ornamenti. Essi non amano i profumi, e basta unicamente che quella pelle sottile sia cosparsa di polvere di riso, senza odore: basta che la biancheria odori di ireos o di lavanda. Tutti gli Champacca, gli Ylang — Ylang, i White — rose che eccitano e deprimono i nervi squisiti di noi altri grandi ammalati, non arriveranno a superare quella bontà di odore giovane, che ha la faccia e il collo dei bimbi.

Quello che essi più odiano è il parrucchiere, che taglia loro i capelli sino alla cute, col pretesto che debbano crescere loro più forti; e infatti, un bimbo con la testa pelata, è brutto quanto infelice. Quello che essi odiano, è la pomata, che impiastriccia e insudicia i capelli. Bisogna che la madre o la sorella grande o la zia zitellona abbiano il senso artistico di quelle onde brune che cadono sulle spalle, di quelle ciocche pioventi sulla fronte, di quelle forti trecce battenti sugli omeri, di quei riccioli che sfuggono a un berretto messo alla sgherra. Un bimbo che esce pettinato dalla sua casa, può essere bello; ma quando ritorna dal Pincio, la sua spettinatura è bellissima. Come semplice riflessione, ho da aggiungere che è odioso tagliare la frangetta sulla fronte delle bambine e far arricciare dal parrucchiere i capelli dei bimbi.

In quanto ai cappelli dei bimbi, possono essere grandissimi o piccolissimi, messi di traverso, buttati indietro, purchè non vi siano sopra nè piume, nè fiori, nè veli — basta un semplice nastro, un fiocco di seta. Purchè siano di feltro, molle, o di panno o di paglia flessibile in modo da resistere ai colpi; purchè abbiano l'elastico che si passa sotto il mento; purchè non imitino le forme pretensiose dei cappelli materni o paterni: saranno sempre belli.

Per le bambine delicate e infermicce si fa una eccezione, dando loro quelle cappottine chiuse che riparano dal freddo e mettono il visino gracile come in una bomboniera. In quanto ai piccoli marinari, alle piccole scozzesi, ai piccoli bersaglieri, è inutile dire che è una prova la più completa di goffaggine che possa andare per le vie. Per un minuto i bimbi se ne contentano, dopo sono impacciati, annoiati, nervosi: è un grande torto sovraccaricarli, essi che sono la semplicità — dare una tesi ai loro abiti, mentre chi li porta è la chiarezza — renderli pensierosi, essi che sono la gioia.

PERDIZIONE

Mentre la bionda mammina placidamente ricamava un orlo di camiciuola e Mario, seduto sul tappeto, intagliava certi soldatini dipinti di rosso e di azzurro sulla carta, entrò improvvisamente il giovane padre, tutto allegro:

— Su, Mario, su fantoccetto mio, fatti vestire da mammina ed usciamo: ti conduco a spasso.

La mammina aveva lievemente aggrottate le sopracciglia e non si era mossa: Mario era balzato in piedi, abbracciando le gambe di papà, strofinandosi contro i calzoni:

— O papuccio mio bello, o piccolo papà caro — ripeteva, ridendo, avvinghiandosi come un serpentello.

— Andiamo, Tecla, vesti Mario: si fa tardi.

— Veramente vuoi condurlo a spasso? — chiese ella, sorpresa, senza alzarsi.

— Figùrati, ho due ore di libertà, un vero miracolo! Questa creatura non esce mai con me.

— Se lo conduci al Pincio, avrà freddo.

— Non lo conduco al Pincio. È vero, burattinello mio, che non te ne importa niente del Pincio?

— Non me ne importa, papino, purché tu mi conduca e la mammina mi metta l'abito di raso.

— Ai Prati di Castello ci farà umido — osservò la madre.

— Non lo conduco ai Prati — non lo vuoi far uscire, il bimbo? Sei gelosa eh?

— Ma che! — fece lei, dando una spallata.

E alzandosi lentamente, con una grande svogliatezza andando e venendo senza fretta, aprendo tutti i cassetti e tutti gli armadi, senza trovare nulla, la mammina bionda vestì Mario. Il quale ritto, in camicia, sul letto, agitava le gambe aspettando le calze e gli stivalini, scherzando con suo padre, buttandosi giù sul letto, facendosi solleticare, ridendo sempre, baciucchiando il suo papà bello che si abbandonava, ridendo, sul letto, anche lui. Più d'una volta, mentre gli tirava su le calze, gli allacciava gli stivaletti e gli abbottonava il vestitino, la bionda mammina si era chinata sul collo di Mario, come se avesse voluto dire qualche cosa in segreto al bimbo. Ma il papà era sempre lì, fermo ad aspettare, sorridente. La mammina sbagliò tutta la fila di bottoni e dovette ricominciarla. Mario fremeva d'impazienza, dimenandosi: il papà aveva già il cappello in testa e mammina cercava ancora un fazzolettino da dare a Mario.

— Gli dò il mio, Tecla, se gli serve.

— Non mi serve, andiamo, papà piccino.

— Non gli comprare giocattoli — disse sottovoce la mammina al papà.

— Non dubitare, non glieli compro.

E allora la mamma diede un lungo bacio sulla fronte del figlioletto, come se volesse far parlare alle labbra una lingua sconosciuta. Essa uscì sul pianerottolo e guardò il padre ed il figlio che scendevano le scale, saltellando e chiacchierando:

— Mario? — chiamò ella.

— Che c'è, mamma?

— Senti una cosa.

— Dilla di lassù, mammuccia.

— Se hai freddo, ti dò il cappottino.

— Non ho freddo. Addio, mamma.

Sulla porta del baraccone, dove si entrava a vedere la vasca dei coccodrilli e il gabbione delle tigri, a Mario era venuta meno la curiosità ed il coraggio. Guardava il suo papà con una faccia fra la paura e il desiderio, ma stava fermo, in mezzo all'esedra di Termini, non osando entrare.

— Sono grossi i coccodrilli, papà?

— Sì, pauroso mio.

— Grossi come Nanna, la cuoca?

— Più lunghi e più schiacciati.

— Andiamo via, papà. Raccontami tu i coccodrilli e le trigi. Mi comprerai un giocattolo a via Nazionale, coi quattrini che dovevi spendere nella baracca.

— No, gioia mia, ne hai troppi di giocattoli.

— O papà, che dici! Alessandro, alla scuola, se sapessi quanti ne ha, di belli, di complicati, con le macchinette dentro, per far camminare! Ci ha la ferrovia, con tre vagoncini, e dentro vi sono i viaggiatori e sulla caldaia vi è un macchinista, tutto nero, poveretto! Poi ci ha un giuoco di cavallo, coi saltatori, coi cavalerizzi che girano, girano. Capisci, si dà la corda, papà. Avevi tu giocattoli, quando eri piccolo piccolo, come me?

— Pochi, Mario.

— E le impertinenze le facevi?

— Meno di te, biricchino.

— Gli scappellotti te li davano, papà?

— Sì, caro.

— E ti facevano male?

— Qualche volta, Mario.

— Vedi, papuccio, quando mamma mi dà uno schiaffetto, non mi fa mai male. Io piango forte e strillo, ma non è vero niente. Ora non me ne dà più mamma.

— Le vuoi bene a mamma?

— Si, papà piccolo: ma voglio più bene a te.

— Non lo devi dire, questo. Perchè vuoi più bene a me?

— Non ti vedo che a pranzo, papà mio! E la mamma, la vedo sempre. Se mi compri un giocattolo, dico che voglio bene lo stesso a tutti due.

— Brutto bugiardone! Non preferisci prendere una granita da Singer?

— Sì, papà; la granita di amarena che è rossa.

Poi quando ebbe lentamente presa la sua granita per farla durare di più, Mario volle comprare le paste per portarle alla mammina che, poveretta, era rimasta in casa e non aveva avuto granita. Volle portare il pacchetto, infilando il dito nel nodo dello spago.

— Papà, quando sarò grande, potrò mangiare una granita ogni giorno?

— Ti faranno male allo stomaco.

— No, no, non mi faranno niente. Papà, io voglio essere corazziere.

— E se rimani piccolo? Tu sei ancora il mio pupazzetto!

— Oh dammi da mangiare, fammi diventare alto e grosso, papà. Se resto piccolo, non mi vogliono per corazziere, papà.

Ma la grande vetrina di Natali lo sedusse. Tacendo, con gli occhi intenti, con la bocca socchiusa, guardava quei giocattoli meravigliosi. La manina stringeva quella del padre, come se volesse comunicargli i tuoi fremiti. E il visino era così pallido di desiderio, gli occhi buoni supplicavano tanto, che il padre non seppe resistere ed entrò con Mario nella bottega per compargli un giocherello.

— Sono contento che tu mi abbia comprato questo paese — mormorava Mario, salendo in carrozza, per tornare a casa. — Quante saranno le case?

— Venti, forse.

— Ed io ti darò venti baci piccoli, e se vi è un lungo campanile, te ne darò uno grosso grosso. Sono più contento, perchè questo è un giocattolo con cui posso giuocare a casa. Venerdì mamma m'ha comprato un cerchio di legno e una palla elastica. Che n'ho da fare, in casa, del cerchio e della palla? Guastano i mobili e possono rompere gli specchi.

— Ti servono al Pincio, mummietta mia ragionevole.

— No, no, mi servono a villa Pamphily. Venerdì ci siamo stati, con mamma. Io ero annoiato di stare in carrozza chiusa, con mamma, ma essa m'ha detto: quando siamo lì, scenderemo.

— Non eri mai andato in carrozza chiusa, Mario?

— Mai, papà.

— E lassù hai giuocato col cerchio e con la palla?

— Sì, mentre mamma discorreva con Riccardo.

— Con Riccardo?

— Sì, papà.

— Che faceva Riccardo?

— Passeggiava, papà. Per un pezzo sono stato con loro, ma non mi davano retta e sono corso innanzi, con la palla: poi la palla è andata in un viale di contro e, per cercarla, non ho più trovata la mamma. Se mi perdevo, papà, mi avrebbero mangiato i lupi, in quella foresta.

— Sì... forse. E... la mamma?

— L'ho riacchiappata vicino alla carrozza, che mi aspettava.

— Dopo quanto tempo, Mario?

— Dopo cinque minuti, papà.

— È troppo poco.

— Allora dopo cinque giorni, papà. M'ha sgridato ed io ho pianto. La colpa era del cerchio e della palla e li ho bastonati. Riccardo è salito in carrozza con noi. Allora hanno abbassate le tendine e non vedevamo più la strada. Siamo scesi a Ripetta, papà, ma prima Riccardo ha baciato mamma sul collo. Perchè lo ha fatto, papà?

— . . . .

— Noi siamo andati via e lui è rimasto in carrozza. Ma perchè lui bacia la mamma sul collo? Lui non è il mio papuccio bello; lui non è Mario, la mummietta bella, per baciare la mamma. Digli che non lo faccia più, papà.

— Glielo dirò, figlio mio.

La madre aspettava il bimbo sul pianerottolo, tendendo l'orecchio al rumore dei passi.

— Sei solo, Mario?

— Solo. Papà m'ha comprato il paese, mamma, e le paste per te.

Ella tremò tutta, impallidendo. Il bimbo, ritto innanzi a lei, la guardava, con gli occhi lucenti.

— Dove è tuo padre, Mario?

— È andato a dire a Riccardo che non ti baci più, mamma.

— Figlio mio! — gridò lei, piombando a terra, con le braccia aperte.

GLI SPOSTATI

Suo padre è un giornalista, sua madre una maestra di lingue straniere. Il bimbo ha otto anni, ma pare che ne abbia dodici per le strane cose che sa, per le singolari risposte che dà. Egli è già stato a Venezia, a Firenze, a Napoli, non gli resta più nessuna impressione di paesaggio per la sua gioventù: egli si stringe nelle spalle quando gli nominano il Vesuvio o la gondola. Ha dormito in tutti gli alberghi, da quello di primo ordine, servito come un piccolo principe ereditario, divertendosi a suonare ogni momento il campanello elettrico, a quelli di quart'ordine, stanze fredde ed incomode, senza tappeti, col letto stretto e duro. Questo bimbo ha già pranzato in tutte le trattorie, ha preso il gusto delle pietanze complicate e degli intingoli piccanti: egli sa chiamare il cameriere e ordinargli del vitello alla salsa di tonno e una maionese di arigusta. Prima di entrare egli dice al papà: Papà, se abbiamo quattrini, voglio la pernice coi tartufi. E il papà gliela fa portare: mentre il giorno seguente si pranza a casa in fretta, con un semplice arrosto di capretto, circondato da molte patate. Il bimbo è già stato in tutti i teatri e ha inteso l'Aida, il Lohengrin, il Faust e il Poliuto: egli ama l'Aida per i morettini, il Faust perchè vi è un bel diavolo, ma tollera appena il Lohengrin perchè vi è il cigno, e non può soffrire il Poliuto perchè non vi è nulla di tutto questo. Ama molto la Durand e la Singer: delle altre non si cura. La prosa lo interessa meno della musica, ma ci va per le attrici. Negli intermezzi il padre lo mena sul palcoscenico: questo bambino è amico della Marini, la Tessero lo ha baciato, la Campi gli ha donato dei confetti ed egli ha fatto una passione per la Pietriboni. È un bimbo che non ha mai sonno, a mezzanotte; e quando rimane in casa, invano la serva cerca di narrargli le favole: egli è nervoso, non può dormire. Ha imparato a leggere sopra un giornale e sa gli pseudonimi di suo padre. Non sa scrivere ancora bene e già compone brani di cronaca. È un bimbo che ha sempre male allo stomaco, perchè in casa sua ora si pranza all'una, ora alle otto, ora si beve il Bordeaux, ora il vinello acido. Egli conosce già il modo di licenziare un amico importuno e impara quello di burlare i creditori; ha assistito a un sequestro, mentre sua madre, pallida, piangeva, e suo padre era scomparso. Sono già due o tre volte che suo padre se lo abbraccia strettamente, e baciandolo, gli dice sottovoce di essere buono, di non dare dispiaceri alla mamma: e una di queste volte il papà è tornato a casa, disteso in una carrozza, svenuto, insanguinato, col braccio trapassato da una palla. Durante la malattia, niente pranzetti, niente scarrozzate, niente teatri: ma una miseria crescente, i creditori feroci, la madre sfinita, il padre torbido e rabbioso. Questo bambino, in fine, sa che suo padre è scettico e ha udito una quantità di discorsi ironici sull'amore, sulla patria e sulla virtù—e mi ha detto, un giorno, seriamente: Tutto sta in un buon colpo di rivoltella.

L'unica figliuola di un albergatore ricco: non ha la mamma. Il padre, che l'adora, l'ha affidata alla cameriera maggiore che se la porta dapertutto, in cucina, in cantina, nelle soffitte, negli appartamenti, al salone di ricevimento, sempre con lei. La bambina — dieci anni — vive in questo grande andirivieni, tra una folla che si rinnova sempre. Ha una stanzetta che è un amore e uno studiolo col pianoforte, ma se la gente è molta, bisogna finire per cedere anche il suo quartierino, e la bimba con la cameriera passano, di stanza in stanza, dormendo ora qua ora là, accampate, salendo dal primo al quinto piano. La bimba finisce con istudiare un quarto d'ora la sua lezione di pianoforte, nel salone, tra il chiacchiericcio inglese, tedesco, francese. I viaggiatori le sorridono, le parlano, la baciano, ed ella ha imparato a non infastidirsi, a sorridere macchinalmente, a fare la riverenza, a dire: «J'aime beaucoup la France, monsieur.» Tutti questi visi estranei, indifferenti, sempre in arrivo, sempre in partenza, le passano innanzi come una fantasmagoria, e lei ha già imparato a ricondurre un viaggiatore fino alla porta, a mandargli un bacio di addio e a stringersi nelle spalle, quando è partito. Ella sa pranzare a tavola rotonda, rifiutare una pietanza, piegare il tovagliolo: ella sa tutte le magagne del cuoco, le costolette dall'osso appiccicato, il burro che serve tre volte, gli avanzi di carne che formano l'infarcitura del timballo, il lesso di quattro giorni che diventa polpetta in umido, il bianco mangiare fatto con l'amido, i pasticci economici di crema di castagne, e sorride della buona fede dei viaggiatori. Ella vede le gradazioni di rispetto dei camerieri per la vecchia principessa col seguito, per la coppia felice di sposini ricchi, pel banchiere tronfio e pel deputato chiacchierone: ha imparato a disprezzare i miserabili che vogliono una stanza al quarto piano, con finestra sul cortile, che non pranzano a tavola rotonda, che non pigliano caffè nell'albergo e portano nella valigia una quantità di steariche, per non consumare quella dell'albergo, che costa una lira. Ella vede e sente una quantità di cose, dagli usci socchiusi, passando pei corridoi, entrando improvvisamente nel salone, alla fine del pranzo o di notte: disordini equivoci di camere, signore in camiciuola che si pettinano, signori in maniche di camicia che si tingono i mustacchi, camerieri che baciano furtivamente le cameriere, signori arzilli, scricchiolii di porte, sbagli di numero, ombre che attraversano i corridoi di notte, dialoghi sommessi. Lei china gli occhi, impallidisce e sorride. Quando si sta in famiglia, col padre, con lo zio, coi cugini, ella sente i discorsi brutali d'interesse, i progetti avidi di guadagno, le combinazioni migliori per scorticare la gente, e tutto l'odio, il disprezzo che ha l'albergatore pel viaggiatore. E due cose l'hanno maggiormente colpita, a dieci anni: la figura di quella grande signora biondissima, che stette tre mesi, spendendo e spandendo, ricevendo tutta Roma, buttando il denaro dalla finestra, facendo accorrere i camerieri tutti quanti, che non saldava mai il conto e contro la quale suo padre era furioso, che poi lo saldò in un modo strano, mandando a chiamare l'albergatore, trattenendolo mezza giornata e rimandandolo tutto sorridente — e quel signore magro e pallido, che stette mezza giornata, bevette due bicchieri d'acqua, non parlò con nessuno e a mezzogiorno si ammazzò aprendosi le vene.

*

*   *

Marito e moglie abitano la stessa casa, per convenienza, ma sono divisi. La moglie abita a terreno, il marito il primo piano, il bambino al secondo. Pranzano tutti tre insieme, ma la signora legge un libro e il signore legge un giornale: il bimbo sta in mezzo, guarda ora la mamma, ora il papà, coi grandi occhi meravigliati, e pranza silenziosamente. Il bimbo ha una gouvernante e un precettore giovane: ogni tanto la madre si degna di assistere alla lezione, in vestaglia di pizzi, con le pianelle ricamate d'oro, e trova che il figliuolo studia troppo, spiegando al precettore, sottovoce, le ragioni per cui non si deve studiar molto. Il bimbo guarda di sottecchi. Quando, ogni tanto, le prendono questi impeti di maternità, ella vuole con sè suo figlio, dalla mattina alla sera: il bimbo vede la madre che si dipinge gli occhi, che si sparge di polvere le braccia e il collo, che si distende delicatamente il rossetto sulle guance. Talvolta, per ischerzo, la mamma fa il viso al bimbo, che ride, solleticato, turbato da quei profumi. La madre, per condurlo fuori, lo trova goffo, mal vestito, e presa dalla furia materna, gli annoda alla vita una larga sciarpa femminile, gli mette al collo una cravatta meravigliosa, di trina, e se lo porta, così vestito, in carrozza, su e giù per molte ore, col freddo, senza paltoncino, mentre a lui si fa il naso rosso e vengono le lagrime agli occhi per la noia. Lei saluta tutti, mostra il suo bimbo, lo bacia spesso, gli domanda se vuole un dolce, se vuole un giocattolo, fa la commedia della madre amorosa. A Villa Borghese, nel viale della fontana, fa fermare la vettura e apre conversazione coi giovanotti, che le dicono certe cose piccanti che la fanno ridere brevemente, mentre il bimbo ascolta, cercando di comprendere. Spesso, ella sale un momento da una amica, lascia il bimbo in carrozza e si trattiene un'ora; la povera creatura aspetta, con gli occhi imbambolati, annoiandosi, e il cocchiere che sa tutto, borbotta certe frasi brutali. Poi, per quindici giorni la madre dimentica il bimbo, dandogli un bacio distratto al mattino, facendogli uno sgarbo nelle ore di nervosità, gridando alla cameriera di portarlo via, se piange. In certe ore, al bimbo è assolutamente proibito di entrare nel salotto della madre. Non ci si va: dice la gouvernante, sorridendo. Per favore la madre si fa vedere dal figliuoletto, in abito da ballo, scollacciata, ma invano il bimbo tende le braccia a quella bella figura: essa ha paura di guastarsi l'acconciatura e parte, senza abbracciarlo, dicendogli di star quieto. In certe epoche un terremoto di feste scuote la casa: sarte, sarti, camerieri, balli, fiori, porte sbattute; non si pranza più, non si dorme più: poi la signora si abbandona a un riposo assoluto, non vede nessuno, è nervosa, pare mezzo pazza. Il padre è fuor di casa tutto il giorno, talvolta tutta la notte. Ogni tre o quattro mesi padre e madre hanno una lite tremenda, spaventosa, innanzi al bimbo, con ingiurie plateali, mobili rotti, svenimenti e minacce di separazione completa. E il bimbo sente in anticamera, in cucina, tutto quello che i servi dicono del padre e della madre.

SALVAZIONE

Dopo il forte momento della passione — nelle placide ore di conversazione, quando le confidenze sgorgano, in una espansione spontanea, quando l'intimità sa essere amichevole e amorosa, Flavia parlava volentieri dell'infanzia propria, di quel giocondo tempo, tutto sole, tutto baci, tutto confetti. Questi ricordi la esaltavano, e come se sognasse, guardando lontano, con la voce tremante di emozione, narrava ancora di quante dolcezze l'aveva circondata l'amore materno. Poi, una improvvisa malinconia spegneva quell'eccitamento, la voce si faceva fioca, ella mormorava, vagamente:

— La mamma... la mamma...

Quasi volesse sottrarsi a questa mestizia, prendeva le mani di Cesare, lo guardava negli occhi, dicendogli:

— Dimmi di te, amore, dimmi di te.

Cesare sorrideva, fumando ancora la sua sigaretta, nella beatitudine dello spirito appagato e tranquillo.

— Io sono stato un bimbo molto robusto, molto chiassoso e molto violento, amore. Ecco tutto.

— E niente altro?

— No, cara, niente altro.

— Allora... — diceva lei, crollando il capo — dimmi del tuo bambino.

Cesare si faceva serio per un istante e la fissava, come diffidente. Ma vedeva negli occhi di Flavia tanta umile curiosità, tanto interesse affettuoso, che il suo sospetto si dileguava. Allora, col suo sorriso orgoglioso di padre felice, egli le parlava del suo bimbo, che si chiamava Paolo come il nonno, che non voleva essere più chiamato bebè, perchè era grande, perchè aveva dieci anni.

— Ed ha i capelli molto biondi, come te? — chiedeva Flavia, profondamente attenta.

— Molto biondi e ricciuti. Va in collera quando gli dico che ha il parrucchino: è molto sensibile al ridicolo, non può sopportare che si scherzi con lui. Impallidisce, non piange. Va in un angolo e pensa: se gli parliamo, non risponde. Le sue malinconie sono quelle di un uomo.

— Forse è gracile — mormorava lei, impietosita.

— No, è sentimentale; troppo, forse. Bisogna che io gli faccia perdere questa sensibilità squisita: se no, sarà molto infelice. Se si abitua ad amar troppo, a desiderare troppo, a soffrire troppo per la mancanza di quello che ama e di quello che desidera, povera la mia creatura!

Un silenzio regnava, angoscioso. La conversazione, arrivata di nuovo alla passione, aveva perduto la placidezza e la soavità. Cesare tentava di ricominciare il discorso del bambino, ma anche questo si faceva scabroso: poichè a ogni momento, parlando di Paolo, appariva accanto la figura della madre, della giovane moglie tradita. E per rispetto alla donna che non amava più, per delicatezza verso quella che amava, non poteva pronunziare il nome della moglie innanzi all'amante. Taceva. D'improvviso, Flavia si rizzava in piedi, gli veniva accanto, e con quella sua dolcezza femminile piena di lusinghe, che ottiene tutto, gli diceva:

— Perchè non mi conduci il bambino?

La prima volta che Flavia gli fece questa strana richiesta, Cesare ebbe un moto di ripugnanza e le rispose vivamente:

— È una follia.

Ma Flavia non si scoraggiò. Ogni tanto, quando la tenerezza di Cesare per lei fluiva più larga, ella si faceva tutta buona, tutta pia, per chiedergli di condurle il bambino. Invano egli taceva o cercava di mutar discorso: Flavia vi ritornava, ostinata nel suo desiderio. Fino a che Cesare, infastidito che ella non comprendesse l'indelicatezza di questo capriccio, le rispose:

— Del bimbo dispone la madre e non vorrà mandarlo da te; dovresti intenderlo.

Una scena spaventosa ne seguì, in cui, volta a volta, Flavia si accusò per questo amore colpevole e ne accusò Cesare, pianse, si disperò, si contorse le mani, maledisse la sua esistenza sbagliata e il minuto odioso in cui aveva incontrato Cesare. Egli dovette consolarla; ma ella non si chetava, sfogando tutto il dolore lungamente compresso di una posizione falsa, avvilendosi sino a confessare i propri rimorsi, rimpiangendo tutto un ideale di famiglia, di pace casalinga, di onestà, a cui aveva rinunziato per Cesare.

Egli dovette abbracciarla, mormorarle vaghe parole di conforto incerte e puerili — poichè quanto ella diceva, era vero — carezzarla sui capelli come una bimba malata, cullare questo dolore per addormentarlo, e infine prometterle che le avrebbe condotto, un giorno, presto, il bambino.

— Me lo lascerai qui, solo, con me, amore?

— Te lo lascerò, cara, purchè tu non pianga.

— Me lo lascerai, per un'ora?

— Sì, cara.

— O amore mio bello, o gioia mia! — fece lei calma, estatica.

— Paolo — disse il padre, spingendo avanti il bimbo — ecco qui la bella signora che voleva vederti.

Il bimbo levò gli occhi neri in faccia a Flavia e sorrise lievemente. Ella congiunse le mani, in un gesto di meraviglia:

— Quanto è bello, quanto è bello! — disse sottovoce.

E all'orecchio del padre:

— Cesare, digli se vuol darmi un bacio.

— Paolo, vuoi dare un bacio alla signora?

— Sì — disse il bambino.

E con un atto gentile e delicato, le prese la bella mano gemmata e gliela baciò.

— Come un cavaliere cortese: bravo, Paolo! — disse il padre, insuperbito, mentre Flavia seguitava a contemplare il bambino. — Carino mio, vuoi restare con la signora mentre io vado qui vicino?

— Ritorni presto, papà?

— Ritorno presto, nino mio.

E poichè il bimbo era presente, quei due non osarono toccarsi la mano; scambiarono solo una rapida occhiata. Flavia si chinò, prese per mano Paolo e se lo portò in salotto, presso un balcone aperto, come per guardarlo meglio. Egli se ne stava ritto, nel suo costumino di velluto oliva, tenendo stretto fra le mani il berrettino di velluto.

— Hai tal quale gli occhi di papà tuo — mormorò Flavia, pigliandogli una mano e carezzandola lievemente.

— Sì, ma la bocca è come quella della mamma — disse il bimbo, con un tono di orgoglio.

— Non ti piace di rassomigliare a tuo papà? — e la voce non era sicura.

— Papà è bello: ma la mamma è più bella ancora; ha i capelli lunghi lunghi e le mani piccole piccole. Non la conoscete, voi, la mamma?

— . . . . . . no.

— E perchè non la conoscete?

— Non so — fece lei, chinando il capo, mentre gli occhi le si gonfiavano di lagrime.

Paolo la guardò curiosamente e tacque. Ella si levò e gli andò a prendere dei confetti. Egli rifiutò gentilmente, ma guardando i confetti come un bimbo educato, che non osa accettare quello che desidera.

— Perchè non li prendi?

— Non sta bene; grazie.

— Ma se ti piacciono, prendili, Paolo. Te l'hanno insegnato a scuola?

— No, me l'ha insegnato mamma. Io non vado a scuola

— E chi ti fa lezione?

— Mamma. Essa non potrebbe stare sola, dalla mattina sino alle tre. Così la lezione me la dà lei, sino a mezzogiorno.

— E a mezzogiorno?

— Facciamo colazione, mamma ed io.

— Soli soli?

— Il papà non ci è mai, a colazione. Ha troppo da fare, ha molti affari, molti affari.

Un breve silenzio.

— Prendi i confetti, Paolino.

— Sono troppi — disse Paolo, come ultima svogliata difesa.

— Li dividerai con qualche amichetto tuo.

— Io non ne ho.

— Con chi giuochi tu, dunque?

— Con mamma, quando essa ne ha voglia.

— Non ne ha voglia sempre?

— No.

— E perchè?

Il bambino la guardò e tacque. Un'indicibile, rapidissima espressione di terrore attraversò il volto di Flavia. Ma il bimbo non sapeva nulla, non doveva aver compreso quella domanda.

— Così non ti diverti molto? — riprese ella sospirando, come per sollevarsi da una grande oppressione.

— Sì, mi diverto. Mamma ricama, suona il pianoforte, e io guardo le immagini dei libri, giuoco con quei pezzetti di legno da far case, o guardo la gente che passa nella via.

— Sempre soli?

— Già: dovrebbe esserci papà, ma egli ha molti affari, molti affari.

— Chi te lo ha detto, di questi affari?

— Mamma.

— Ah!

— Essa mi racconta anche le favole, quando io mi annoio. Ma sono troppo tristi, le sue favole, e mi fanno piangere. Ne sapete voi, di quelle favole che fanno ridere?

— No, caro. Te le racconterà di sera, le favole?

— Sì, di sera. Io vorrei andare in teatro dove papà una volta mi ha condotto, con mamma. Ma ora papà non può accompagnarci più e andiamo a letto presto. Egli viene a casa molto tardi, di notte, molto di notte, e cammina pian piano, nell'altra stanza, per non farci risvegliare. Ma la mamma è sempre sveglia e sente: qualche volta sono sveglio anch'io — Ecco papà — mi dice lei, sottovoce. Poi, quando papà entra, a darmi un bacio, noi chiudiamo gli occhi e fingiamo di dormire.

— E ti bacia, papà?

— Sì: e se ne va via in punta di piedi, come è venuto.

— Non dà un bacio alla mamma?

— No — disse il bimbo, facendosi pensieroso.

— Tu, dunque, dormi nella camera della mamma?

— Sì: prima non ci dormivo. Ma papà andò a fare un viaggio di un mese, e mamma, che aveva paura di dormir sola, fece portare il mio lettuccio in camera sua. Dopo, ci sono restato.

Flavia si arrovesciò nella poltroncina, come se svenisse. Il bimbo la guardava co' suoi occhi buoni e meravigliati. Ella non parlava, non trasaliva, non si moveva, e Paolo cominciava ad aver paura di questa bella signora tutta pallida. Egli stringeva macchinalmente il berretto e desiderava che suo padre tornasse, per andarsene. Poi, Flavia si scosse, levò la testa, e tanto dolore le si dipinse nella faccia, che il bimbo le tese le braccia come a sua madre, dicendole:

— Che hai?

Uno scoppio di pianto la vinse, mentre baciava quel bel bambino affettuoso, tutto sorpreso da quest'impeto. Le lagrime bagnavano le guance, il collo di Paolo.

— Non piangere, signora, non piangere così. Non sarà niente.

— Non piango, no, non piango più. Dammi un bacio, come alla tua mamma.

Egli le buttò le braccia al collo e la baciò.

— Addio, caro, resta un minuto qui. Ora papà tuo verrà e ti porterà via. Io debbo uscire.

— Debbo dire alla mamma che sono venuto qui?

— Perchè?

— Perchè papà mi ha detto di non dirglielo.

Ella pensò: poi, come se gittasse via l'ultimo dubbio:

— Diglielo alla mamma, che sei stato da Flavia.

Per un minuto la bella mano si posò sui riccioli del bimbo, come per benedirlo.

E mai più Cesare e Flavia si sono incontrati.